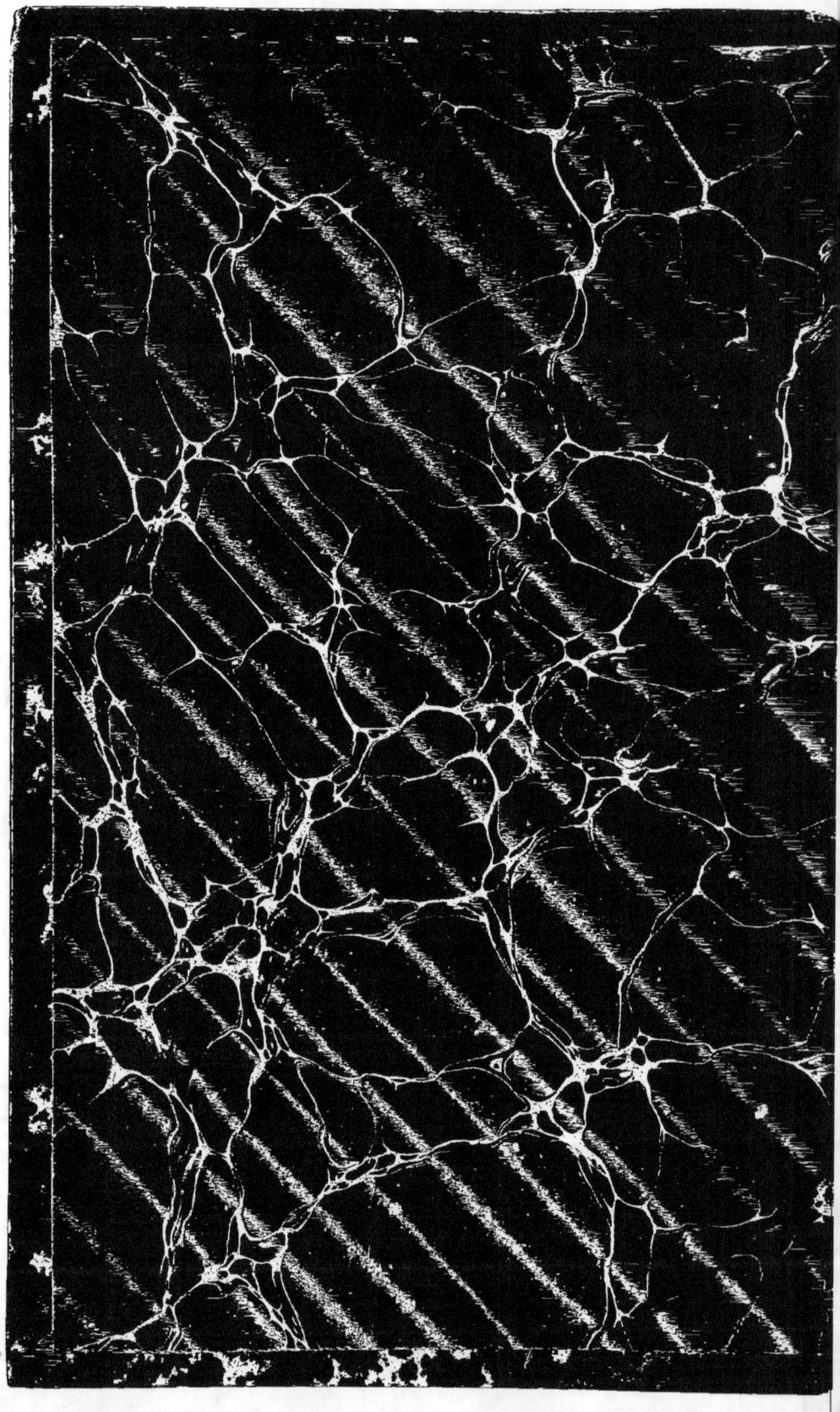

HISTOIRES A DORMIR DEBOUT

ŒUVRES DE CHARLES BUET

3 francs le volume.

Histoires cosmopolites . . . . 1 vol.
Contes à l'Eau de rose, avec préface de Paul Féval. . 1 —
Les Chevaliers de la Croix-Blanche. . . . . 1 —
Les Rois du Pays d'or . . . . 1 —
Le Crime de Maltaverne. . . . . 1 —
François-le-Balafré. . . . . 1 —
L'Honneur du Nom . . . . 1 —
Hauteluce et Blanchelaine. . . . . 1 —
Philippe-Monsieur... . . . . 1 —
Le Maréchal de Montmayeur . . . . 1 —
Les Gentilshommes de la Cuiller. . . . . 1 —

2 francs le volume.

La Dame Noire de Myaus. . . . . 1 —
Le Capitaine Gueule d'Acier. . . . . 1 —
L'Hôtellerie du Prêtre-Jean. . . . . 1 —
La Mitre et l'Epée. . . . . 1 —
Irène Bathoré. . . . . —
L'Homme au capuchon rouge. . . . . 1 —
Morogh à la Hache . . . . 1 —

St-Amand. — Imp. de Destenay.

HISTOIRES
À DORMIR DÉBOUT

PAR

CHARLES BUET

SOCIÉTÉ GÉNÉRALE DE LIBRAIRIE CATHOLIQUE

PARIS	BRUXELLES
VICTOR PALMÉ	J. ALBANEL
Directeur général	Directeur de la succursale pour la Belgique et la Hollande
76, rue des Saints-Pères.	29, rue des Paroissiens.

1881

HORS CET ANEL POINT D'AMOUR

A MADAME LA PRINCESSE

ADÉLAIDE-LOUISE D'ECKMÜHL

MARQUISE DE BLOCQUEVILLE

Novembre 1879.

O tu qué per moun amigetto
Et per ma counpagno bessaï,
Diou a facho tanto lisquetto
Douco avénente qué noun saï
Vois qué té dig'à la franquette
Coumo t'aïmi coumo t'aimaraï?

T'aimi coumo la cardarino
Aïme l'oumbretto dei buissons,
Coumo lou gaou et la gallino
Aimeount l'approcho dei meissoun,
Coumo l'écho dé la collino
Aïmo les poulidei canzouns.

(Chanson Provençale.)

HORS CET ANEL POINT D'AMOUR

I

LE DROIT D'ACQUIT

— Saint Mitre me bénisse ! crois-tu donc, mon
pichoun, qu'il soit permis d'entrer en notre cité,
la plus fameuse qui soit au comté de Provence, —
car messire Marius, chevalier romain, y défit des
milliers de Teutons... à preuve que leurs os ont
fait toute la terre du bourg de Pourrières... Crois-
tu, te dis-je, tête d'étoupes, jongleur, baladin ou
fol d'un seigneur aussi fol que toi, que tu péné-

treras céans sans avoir payé le droit d'acquit? Or sus, beau compagnon, pélerin laid autant que le singe rapporté d'outre-mer sur sa nauf par feu mon compère Frédéri, savonnier juré de Marseille, décédé en l'an huit de ce siècle, or sus, qu'es-tu, garçon! d'où viens-tu! où vas-tu? Quelle œuvre fais-tu de tes mains, si tu es chrétien laborieux et craignant Dieu?

Celui qui proférait ce long discours, entrecoupé d'incidentes, d'exclamations ironiques, accompagné de gestes vifs et répétés, était un homme d'âge mûr, fort bien vêtu d'une houppelande de fin camelot couleur d'olive, sur les manches de laquelle se voyaient, brodées en soie, les armes du comté de Provence : *d'or aux quatre pals de gueules.*

Il s'adressait à un jeune garçon, que sa mine farouche et grotesque tout à la fois n'intimidait nullement, et qui ne le regardait sans rire que grâce à de louables efforts.

Ce garçonnet, d'environ dix-huit ans, portait le costume des *fous* de cour ; justaucorps cramoisi tailladé et doublé de jaune ; bas noirs et bonnet pointu, empanaché de plumes de coq. Une dague à manche de corne pendait par une chaînette à son ceinturon de mailles, et de la main droite il agitait une marotte bizarrement sculptée.

Il montait un bel âne, au long poil brun, caparaçonné de grelots, de rubans et de pompons.

Cet étrange cavalier ne méritait point, du reste, le reproche qu'on venait de lui adresser ; il était moins laid assurément que son interlocuteur : ses cheveux blonds taillés carrément sur le front et massés en grosses boucles sur ses tempes ; son teint clair, ses yeux bleus, le gai sourire de ses lèvres rouges, opposaient un contraste flatteur au teint cuivré, à la rude chevelure noire, au nez bulbeux, aux yeux vairons de l'homme à

1*

la houppelande, qui se tenait devant lui, les bras
écartés, gesticulant sans retenue et criant à
pleine voix, comme s'il se fût agi de happer
au passage un demi-cent d'hérétiques.

L'adolescent, qui écoutait avec un sang-froid
moqueur les questions verbeuses de cet individu,
le laissa donc parler à son aise ; mais quand
l'autre eut fini, il se mit à rire, et tout aussitôt,
d'un ton décidé et narquois :

— Mon bonhomme, lui répondit-il, puisque
vous avez droit de m'interroger, il ne me déplaît
aucunement de vous satisfaire. Je suis Landolphe
Bel-Esbat, fol en titre d'office du noble sire de
Nesle... Je viens de par là-bas, de delà les monts
de la Trévaresse que j'ai traversés hier à la vesprée... J'ai dormi à Lambesc au logis de Sainte-
Victoire, et m'en suis venu de Lambesc à Aix,
tout doucement crainte de fatiguer Miroir et
moi. — Miroir, c'est mon âne. — Je ne vais pas
plus loin que cette ville, où je t'invite à laisser

entrer Miroir et moi, car si tu refuses de me livrer passage, Miroir va ruer, et moi je vais cogner dur !

— Bon ! bon ! par saint Mitre ! riposta l'homme à la houppelande, un peu interloqué par l'acent résolu de Landolphe Bel-Esbat. Mais, encore une fois, il faut payer le droit d'acquit !

— Eh ! qui te refuse de payer ? s'écria le jeune garçon, qui commençait à s'échauffer. Je ne veux pas frauder ton seigneur, imbécile ! encore que nous autres, gens de Paris, ne payions les impôts que si nous ne pouvons faire autrement.

— Or donc, qu'on me baille ma pancarte ! reprit le péager d'un ton radouci.

Un valet apporta un rouleau de parchemin à cet honnête serviteur du comte de Provence, lequel, ayant déroulé ce document, couvert d'une superbe écriture à initiales d'azur, lut à voix haute, et non sans emphase :

— « Une charrette conduisant larrons au

préau payera une corde valant six deniers.

« *Item :* un pélerin dira sa romance sur un air nouveau et couchera sur la paille fraîche s'il veut passer la nuit au manoir.

« *Item :* un homme à pied, chaussé ou non, mendiant ou aventurier, sera logé quitte de tous droits, s'il fait quatre soubressauts.

« *Item :* un Juif mettra ses chaussons sur sa tête et dira, bon gré, mal gré, un *Pater* dans le jargon du pays.

« *Item :* conducteur d'animaux en foire doit faire gambader les singes et danser l'ours au son du flageolet. »

Le bonhomme s'interrompit, un peu confus.

— Hé bien ! As-tu fini tes litanies ? lui demanda Landolphe Bel-Esbat.

— Diable m'emporte ! Je ne vois rien en ce parchemin pour les fols en titre d'office.

— On entend bien que tu n'es pas sujet du roi,

s'écria Landolphe d'un ton sentencieux. Notre
sire n'aime point jureurs, diseurs de blasphèmes
et vilenies. Ta langue serait déjà forée par le
fer rouge, malandrin qui parles si librement du
Mauvais! Au large donc que je passe, puisque je
ne suis ni pèlerin, ni piéton, ni juif, ni mon-
treur d'ours...

— Quel est ton métier, pour lors, et que viens-
tu faire céans ?

— Oui, oui! s'écrièrent quelques bourgeois
qui assistaient à ce colloque... Tenez ferme, Sylvère Maguiboul !

— Ce mécréant vient peut-être jeter un sort
à notre damoiselle Marguerite ! insinua Delphin
Cornillon, le sonneur de cloches.

— Nous avons déjà bien assez de vagabonds
sans sou ni maille, paresseux ! ajouta Féli, qui
tressait des corbeilles en osier rouge, sous le
porche de Saint-Sauveur, et gagnait ainsi hon-
nêtement sa vie.

— Et déguerpis tôt, tôt, mécréant ! gronda le taillandier Belancasse, de sa grosse voix accoutumée à dominer le bruit du marteau.

Deux garçonnets dépenaillés, qui jouaient à la glissade sur le gazon du fossé, se mirent à hurler :

— A l'eau ! à la rivière, le fou de France, pays des fous !

Cette scène, où d'une part se déployait toute la fougue méridionale, tandis que de l'autre part s'exaltait l'ardeur d'un écervelé de dix-huit ans, se passait par une belle après-midi du mois de mai 1234, à quelques pas de l'une des portes de la ville d'Aix, capitale du comté de Provence.

Les acteurs en étaient nombreux, car outre le vannier Feli, et Belancasse, et le sonneur de cloches, et Sylvère Maguiboul, péager et portier de la vieille cité, cinq ou six artisans, trois bourgeois prenant le frais, et bon nombre de jeunes gens qui s'ébattaient sur le revers du fossé, formaient un groupe assez bruyant.

Landolphe Bel-Esbat avait donc affaire à forte partie ; et, jugeant que sa faconde, si éloquente fût-elle, n'y suffirait point, il entreprit de contraindre à reconnaître ses mérites les discourtois qui s'opposaient à le laisser passer.

Il commença par fustiger de la belle manière son âne Miroir, qui fit aussitôt feu des quatre pieds sur le pavé de la route, au grand effroi des commères baguenaudant par là ; puis il houspilla les garçonnets du bout de sa houssine, envoya une bourrade à Belancasse, décocha un coup de poing à Féli, distribua maint horion de droite et de gauche, si bien qu'il ne resta plus devant lui que Sylvère Maguiboul, ferme comme un roc, mais tout prêt à sonner la cloche d'alarme, pour peu que le siége se prolongeât un instant de plus.

Moins courageux que l'honnête péager, ses

compagnons entendaient ne se battre qu'à coups
de langue, et Landolphe se démenait si drôle-
ment, qu'ils se mirent à rire : or le rire désarme,
et notre jeune héros lui-même, fatigué de taper
à tort et à travers, s'arrêta soudain, plongea les
doigts dans son escarcelle, et finit par où il aurait dû commencer.

C'est-à-dire qu'il offrit à Maguiboul un denier
de Tours au châtel.

— Eh donc ! bonhomme, lui dit-il, prends ceci
et fais-en ce qu'il te plaira, mais par le soleil
d'or en champ de gueules ! fais-moi place, que
j'aille annoncer à monseigneur ton maître la visite du mien, qui me suit à demi-lieue, chevau-
chant à la droite de monsieur l'archevêque de
Sens, le révérend Gautier Cornut.

— Ah ! messire, interrogea un bourgeois,
ébahi de la nouvelle, que viennent faire céans
ces nobles sires ? — Dieu les ait en garde !...

— Je veux bien que Miroir prenne le mors au

dent si tu en apprends un traître mot de ma bouche, gentil manant, répliqua Landolphe en riant au nez du bourgeois interloqué. Saches seulement que Monsieur de Sens et mon glorieux seigneur de Nesle sont ambassadeurs envoyés à ton prince, par Louis, roi de France, et que je suis leur fourrier. Or donc, place, ou sinon j'envoie ma houssine à la tête du fin premier venu, et je fais voir le jour à ma miséricorde, laquelle expédie vitement un chrétien *ad patres*.

L'argument fit son effet. Sylvère Maguiboul ramassa le denier abbatial dans la poussière où, d'étonnement, il l'avait laissé choir, et, s'effaçant le bonnet à la main, humblement incliné, il céda le pas à Landolphe Bel-Esbat, qui fit une entrée triomphale dans Aix la Jolie.

Le fol se rendit à l'hôtellerie des *Trois-Rois-de-Cologne* où il retint le logement des ambassadeurs; et notre amour de la vérité nous oblige à dire que, son office rempli, assuré que Miroir ne

manquerait d'aucun des bons traitements dus à
sa dignité d'âne du domestique de l'ambassadeur
d'un roi, il se fit servir une pinte ou deux, ou
trois, du meilleur vin de son hôte, et désaltéra
son palais et sa gorge brûlés par l'air chaud des
plaines provençales.

Il ne fit point mystère de sa qualité, de telle
sorte qu'une foule de gens désœuvrés — qui ne
manquent point au pays des oliviers — s'accu-
mula aux environs de la route de France, dans
le but avoué de faire bon accueil aux envoyés du
roi.

Ceux-ci arrivèrent un peu après le coucher du
soleil, suivis d'une escorte convenable d'archers,
varlets, pages, écuyers et capitaines.

Ils traversèrent lentement la ville des Tours,
où résidait l'évêque, franchirent la seconde enceinte qui bornait la ville des Comtes, passèrent
sans s'arrêter devant le palais de Raymond Bérenger, et finalement pénétrèrent dans le fau-

bourg de Saint-Sauveur, dont l'hôtellerie des *Rois-de-Cologne* faisait l'un des principaux ornements.

Landolphe les y attendait sur le seuil, visiblement ému, et leur souhaita la bienvenue d'une voix aussi empâtée que l'accent en était joyeux. Il faillit recevoir les étrivières.

On lui épargna cet affront ; seulement monsieur l'archevêque lui tira les oreilles, et messire de Nesle, chevalier de bon renom, le pria de s'aller coucher sur l'heure, et d'être dispos le lendemain dès l'aurore.

Après quoi l'hôte reçut ordre de ne plus donner à boire au malheureux fol que de l'eau pure, breuvage insipide, mais qui n'échauffe ni le cerveau ni le sang.

La multitude ne s'occupait nullement des faits et gestes des ambassadeurs.

Elle commentait leur arrivée, et de quartier en quartier on se demandait quelle idée avait pris au jeune roi très-chrétien de faire voyager aussi loin ces personnages illustres, et que l'on admirait fort, l'un, sous sa lourde cuirasse et son heaume gigantesque, l'autre avec son long tabart violet et sa mitre de drap d'argent.

Comme il se faisait tard et que, de chaque logis, émanait une odorante vapeur de soupe à l'huile, bourgois et commères s'en allèrent manger, remettant à plus tard plus ample informé.

La curiosité ne put l'emporter sur l'appétit.

II

LA MARGUERITE DES MARGUERITES

Raymond Bérenger, qui régnait alors sur les comtés de Provence et de Forcalquier, appartenait à la maison de Barcelone.

Il avait épousé Béatrix de Savoie, fille du comte de Savoie, et de ce mariage n'avait eu que des filles, dont, au reste, la destinée fut brillante: car l'aînée épousa le roi saint Louis ; la seconde, Eléonore, Henri III, roi d'Angleterre; Sancie, Richard d'Angleterre, roi des Romains, et Béatrix, Charles de France, roi de Naples et de Sicile, tige de la dynastie d'Anjou.

Sous le gouvernement paternel de ce prince, la belle Provence était heureuse ; elle gardait avec un soin jaloux les coutumes poétiques de cet âge ; la famille y restait constituée d'une façon patriarcale ; les chefs de famille administraient la province, occupaient les charges municipales, les vigueries ; les artisans formaient des confréries ; chaque classe avait ses privilèges et ses droits, mais aussi des devoirs, strictement observés.

Le comte n'était, pour ainsi dire, que le premier parmi ses pairs. Il possédait l'amour de ses sujets.

Ce soir-là, après le souper, le comte Raymond vint, appuyé sur le bras du fidèle Romée, son ministre, rejoindre dans la salle d'honneur Madame Béatrix, sa femme, autour de laquelle se groupait une cour empressée de nobles dames et de jeunes seigneurs.

Assise sur des carreaux de velours, au-dessous d'un baldaquin d'écarlate parsemé de broderies, la comtesse écoutait distraitement le doux et frais babil de ses filles, qui jouaient à ses pieds, vêtues uniformément aux couleurs de la Vierge, blanc et bleu.

Avec sa longue jupe, mi-partie de cendal rouge écartelé de la croix de Savoie, et de cendal jaune rayé d'incarnadin ; avec son surcot de drap d'argent, et le riche diadème posé sur ses cheveux blonds, Béatrix resplendissait d'une beauté souveraine.

Elle était bien la reine, gracieuse et adulée, de ces brillantes cours d'amour qui florissaient alors dans les pays de la langue d'oc, véritables fêtes de l'intelligence où affluaient les poètes, les troubadours, les ménestrels, et dans lesquelles notre merveilleuse poésie française trouva ses origines.

Eléonore, Louise et Béatrix de Provence

étaient encore de toutes jeunes fillettes, au regard
espiègle, au sourire mutin : Marguerite, leur
aînée, qui touchait à sa quatorzième année, méri-
t ait vraiment ce nom de *perle* si harmonieux, surtout lorsqu'il est prononcé en dialecte provençal.

Elancée et svelte, le front couronné des torsades opulentes de ses cheveux bruns ; l'œil
noir, mélancolique et rêveur, mais brillant d'un
éclat sans pareil, les lèvres purpurines, elle avait
le port d'une princesse, la grâce d'une fée, la
candeur d'un ange.

Elle chantait à la plus petite de ses sœurs,
qu'elle berçait dans ses bras, une naïve canti-
lène, et riait des moues gentilles, des mots sans
suite de l'enfant.

Sa tante Gersinde, vicomtesse de Béarn, posé-
ment installée en un fauteuil à dosseret, à demi
cachée par les flots d'étoffe de sa traîne et de son
manteau brochés, causait d'un air austère et
recueilli avec le jeune évêque de Valence,

Guillaume de Savoie, et le comte de Maurienne, frères de la comtesse.

Cette châtelaine, fort entichée de noblesse, ne devisait volontiers que de blasons et de généalogie, parfois des joyeux déduits de la chasse, et mettait par-dessus tout en ce monde, les vaches *clarinées et accolées* de monsieur son mari, et le vol au gerfaut, — gerfaut d'Allemagne s'entend.

— Ne me parlez point, disait-elle en cet instant même, de laniers de Sicile ou de simples émouchets! Fauconnerie est plaisir de prince, sire évêque, mon cousin!... Et rien ne me plut davantage que la belle description qu'on en fait dans le poème de *Florès et Blanchefleur*, que me lut, hier à la vesprée, mon chapelain. Par les vaches de Béarn! ce livre est le fin premier que je ferai copier par les moines de l'abbaye de Sénanques, ores que j'aurai beaux écus sonnant en mon escarcelle.

2

Près d'une fenêtre, il y avait un autre groupe.

Le vieux chevalier Elzéar de Sabran, qui ne se déshabituait point du harnais de guerre, se redressait fièrement sous un lourd haubergeon de mailles plus souple à ses épaules que doublet de velours. Une écharpe d'azur rayée de lamelles d'argent, flottait sur l'acier poli; un bonnet florentin couvrait sa tête chauve, dégarnie aux tempes par le frottement du casque.

Il se taisait, le vaillant vieillard qui n'avait à conter qu'histoires de guerre et prouesses de paladin : il écoutait ma mie Pascaline, alerte camérière aux prunelles de feu, qui babillait avec intempérance, et laissait bien peu de choses à dire à son interlocuteur, le troubadour Hélie de Roquefavour, le disciple de Ponce de Capdeuil et d'Armand de Marveil, ses plus célèbres devanciers du siècle précédent.

Hélie frôlait de temps à autre les cordes sono-

res du psaltérion — sorte de harpe triangu-
laire — avec laquelle il accompagnait ses
chants.

Il plaisait, le hardi jeune homme au franc
visage, illuminé de la lueur du génie ! Ses riches
vêtements, de laine teinte en pourpre, chamarrés
de broderies d'argent, disaient en quelle estime
on le tenait à la cour de Provence.

Auprès de lui un page agenouillé sur les dalles
de marbre, taquinait un grand lévrier blanc, au
museau de reptile, aux oreilles redressées, qui
gambadait autour de lui, agile, capricieux dans
ses mouvements, et se couchait tout-à-coup,
humble et craintif, lorsque la rude voix du chevalier Elzéar grondait ce nom :

— Rubis !

Cette grande salle du château d'Aix offrait
donc un tableau charmant à l'heure où le comte
Raymond Bérenger y pénétra, vêtu avec plus de
recherche que de coutume, et suivi de son fidèle

conseiller, lequel sortait rarement de son retrait passé le coucher du soleil.

Les différents groupes que nous venons d'esquisser avaient pour cadre les murs tendus de tapisseries de Flandre, et décorés de panoplies d'armes et d'étendards; par les fenêtres ouvertes entrait un air frais chargé de parfums pénétrants; des branches vertes et des fleurs jonchaient des dalles; sur les crédences ouvragées, çà et là éparses, étincelaient des orfévreries, des hanaps de cristal.

Plusieurs candélabres à la romaine, hauts, hérissés de cierges de cire, répandaient une lumière vive sur ces étoffes soyeuses, ces gais visages; les rires des enfants, les jappements contenus du chien, les saillies du page, les vibrations légères de la harpe, le murmure des voix emplissaient la salle d'une animation joyeuse.

A l'entrée du comte, subitement, le silence se fit. Les fillettes seules égrenaient leurs rires éclatants.

Raymond Bérenger vint droit à sa femme, qui se leva pour le recevoir :

— Savez-vous, Béatrix, lui dit-il avec enjouement, savez-vous qu'on m'annonce une singulière nouvelle? Il nous arrive des ambassadeurs, et non pas gens de mince parage... L'archevêque de Sens et le sire de Nesle, envoyés auprès de nous par le roi, sont entrés à Aix tantôt. Je viens de leur dépêcher mon écuyer Castellane... Figurez-vous qu'ils ont pris logement à l'hôtellerie, en plein faubourg Saint-Sauveur, ce que je ne souffrirai pas.

La comtesse reprit sa place et fit asseoir son mari à côté d'elle. Marguerite vint offrir son front à son père, qui y mit un baiser.

— Avez-vous idée de ce que viennent faire ces seigneurs en vos États, Raymond? demanda Béatrix de Savoie autour de laquelle se pressèrent tous ceux qui se trouvaient dans la salle.

Raymond eut un sourire malicieux. Il prit la

main de Marguerite et la garda entre les siennes, couvrant la jeune fille d'un brûlant regard d'amour paternel.

— J'ai idée, répondit-il après une courte hésitation, qu'il faudra bientôt ouvrir le Livre de raison pour y consigner quelque fait d'importance.

Une nuance rosée se répandit sur les joues de Marguerite qui pourtant ne baissa pas les yeux. La comtesse fit un mouvement de joie, aussitôt réprimé.

Le *Livre de raison* était, en ce pays et à cette époque, le livre d'or de la maison : on y inscrivait les mariages, les procès, les alliances, tout ce qui constituait la gloire et l'honneur de la famille; et souvent, après avoir lu quelques passages de l'Évangile, durant les longues veillées de l'hiver, on parcourait avec recueillement ces fastes familiaux, qui rappelaient les ancêtres, et servaient d'exemple aux descendants.

L'allusion du comte de Provence fut donc facilement comprise.

— S'agit-il d'un mariage ? demanda l'altière
Gersinde de Béarn. Quel seigneur dans la chrétienté prétend à l'honneur de notre alliance ? Il
le faut de haut lignage, car nous sommes race
royale... et notre oncle Pierre fut roi d'Ara-
gon...

— Un mariage ? fit la gente Pascaline, qui joi-
gnit les mains, voilà de beaux sujets de *sirventes*,
maître Hélie!

— Un mariage ? Et qui donc serait la fiancée ?
interrogea Thomas de Savoie, comte de Maurienne. Une de nos chères nièces ? Et laquelle ?
Eléonore, l'étourdie, ou la grave Louise qui
médite dans son coin ?

La comtesse Béatrix attira dans ses bras Marguerite rougissante.

— Oh! damoiselle, dit à son tour le vieil Elzear
de Sabran, en s'inclinant avec un respect atten-

dri devant la jeune princesse, oh ! damoiselle, il
ne vous siérait d'oublier que par faveur insigne,
je fus élu votre chevalier, en la fête de saint
Valentin. Ainsi ai-je le droit de vous accompa-
gner partout où vous conduit votre ange gardien. Si vieux que je sois, et de mine peu galante,
n'ai-je pas planté sous vos fenêtres le mai tout
enguirlandé? Et me voici paré de vos couleurs,
argent et azur...

— Bon chevalier, repartit Marguerite, à la fois
confuse et charmée, ne vous méprenez. J'ai toute
fiance en votre grande valeur et bravoure, et je
vénère votre âge... Oublier vos bontés pour
moi serait noire ingratitude!

— Et qui sera l'heureux énamouré de si ravis-
sante fiancée? poursuivit Sabran. Je parie pour
un cousin de Louis de France, et bientôt vous
verra-t-on épousée d'un prince du sang français !
Gloire à vous, damoiselle! Par vous l'ormeau
reverdira.

— Êtes-vous donc prête à nous quitter, Marguerite? demanda Raymond Bérenger.

— Oh! père, je ne suis prête qu'à obéir à Dieu, le servir et l'honorer. Votre volonté sera la mienne, et mon cœur me crie de ne me séparer jamais de ceux que j'aime et qui font tout mon bonheur, s'ecria Marguerite qui, ayant passionnément proféré ces paroles, fondit en larmes.

Il y eut un peu d'émoi.

Guillaume de Savoie, l'évêque, adressa un sourire de consolation à sa sœur ; la vicomtesse Gersinde feignit d'essuyer un pleur sourd sous sa paupière desséchée ; le brave Romée hocha la tête grommelant qu'il fallait voir et que les princesses ne sont pas en ce monde pour faire à leur plaisir, mais selon l'intérêt de leur peuple.

Eléonore et Louise voulurent consoler leur aînée par mille caresses; le page agaça Rubis qui aboya furieusement; la suivante Pascaline poussa un cri d'effroi, et la harpe du troubadour rendit un son plaintif. Ce petit tumulte amena la diversion nécessaire.

Sur ces entrefaites l'écuyer Castellane fut introduit dans la salle par le hallebardier de service à la porte. Il rendit compte de sa mission à son maître.

— J'ai trouvé, monseigneur, dit-il, le sire de Nesle besognant en conscience devant une table bien servie, et monsieur l'archevêque le regardant du coin de l'œil, un peu scandalisé qu'un chrétien s'attardât si longtemps à nourrir son corps chétif. L'un et l'autre seront ici dans une demi-heure.

— Très-bien ! Nous saurons donc tantôt ce que me mande mon sire le roi de France ! Eh bien ! madame, continua-t-il en s'adressant à sa femme, reprenez votre place, et vous tous, mes amis, continuez vos déduits: nous sommes ici en famille et sans cérémonie. Ce soir je ne suis que le père, je ferai le prince demain.

C'était fort bien dit, mais l'attente et l'incertitude empêchèrent qu'on ne se divertît comme auparavant.

Marguerite vint se blottir auprès de sa mère; Elzéar de Sabran se tint debout derrière elle, la main au pommeau de son glaive, comme pour la protéger; Rubis s'étendit à ses pieds, le museau sur ses pattes, roide comme un lévrier de marbre; Pascaline lutina le page; la docte Gersinde reprit son entretien avec l'évêque de Valence au point où elle l'avait laissé, il s'agissait de la croix *alaisée et pommetée* de Toulouse et des *quinte-feuilles* de Marseille.

Quant au comte Raymond, assis entre son beau-frère Thomas et son ministre Romée, il échangeait tantôt avec l'un, tantôt avec l'autre quelques paroles à voix basse.

Il éleva la voix tout à coup, s'apercevant qu'on cherchait à l'écouter :

— Roquefavour, dit-il au troubadour Hélie,

m'est avis que tu es bien silencieux ce soir ? Ne
sais-tu ni *tenson* ni *sirvente* ? En ce cas, mon
camarade, un vrai poète ne reste jamais à court.
Improvise un de ces doux chants, et que ta
harpe résonne sous tes doigts habiles.

Hélie de Roquefavour, qui maugréait à part
lui du peu d'attention qu'on daignait lui accorder ce soir-là, fut enchanté de cette invitation.

Son visage rayonna d'orgueil satisfait. Il ac-
corda sa harpe, tendit les cordes, puis se leva,
bravant les regards curieux braqués sur son visage.

D'un geste élégant il rejeta en arrière ses longues manches tailladées, dont les broderies cha-
oyaient, et qui lui firent comme deux ailes d'archange ; sa main blanche caressa languissam-
ment ses cheveux plus noirs que l'aile du cor-
beau.

Il récita d'une voix purement timbrée, sonore

et grave, dont ses arpèges mélodieux faisaient ressortir l'ampleur :

« La plus heureuse des cités terrestres n'est point aux pays lointains au-delà des mers...

« Au-delà des mers et des océans, on connaît son nom et son maître...

« Son maître, qui est un pieux chevalier, redouté de l'ennemi, aimé des faibles...

« Aimé des faibles qu'il protége et qu'il chérit.

« La ville la plus heureuse du monde c'est Aix, joyau de la Provence...

« De la Provence qui garde jalousement ses trésors.

« Or il est auprès d'Aix la Jolie une fontaine appelée Lignana, dont l'eau pure jaillit dans une coupe immense d'émeraude...

« Une coupe immense d'émeraude faite d'un peu d'herbe des prés et de beaucoup de soleil...

3

« Soleil ardent qui dessèche la terre et qui monte chaque jour dans l'azur immaculé des cieux...

« Des cieux incléments qui ne versent point l'abondante rosée.

« Rosée qui donne aux fleurs leur parfum subtil, aux fruits leur saveur exquise.

« Un jour il advint que les arbres mouraient, les fleurs se flétrissaient sur leur tige, les champs se fanaient, brûlés par un soleil ardent...

« Et les brebis ne paissaient plus dans les prairies... Et le grain du blé s'échappait de sa fragile enveloppe... Et les raisins vermeils, crevassés, laissaient couler leur pulpe desséchée... Et le ciel embrasé se teignait de vermillon.

« Alors on vint chercher la plus sage et la plus belle des jeunes filles de la plus heureuse ville...

« Elle avait nom Perle, et cette Perle brillait d'un éclat incomparable, des rayons même de l'étoile et des reflets du diamant.

« Elle descendit, courageuse, dans la coupe de Lignana... l'eau claire l'enveloppa de ses flots limpides...

« Et l'eau se mit à bouillonner, se transformant en vapeurs diaphanes, qui s'élevaient en spirale et formaient au-dessus d'elle comme un arc triomphal...

« Et ses compagnes la couvraient de fleurs, lys de neige, roses cramoisies, boutons d'or et pâquerettes...

« Et la source s'évapora tout entière, devint un nuage opaque d'où, bientôt, la rosée bienfaisante jaillit, rendant la vie aux jardins, aux prés et aux champs...

« Maintenant que Perle va quitter sa ville natale, Aix la Jolie, quelle jeune fille entrera dans la coupe de Lignana, lorsque le ciel deviendra d'airain ?... »

Une triple salve d'acclamations salua le poème que venait d'improviser Hélie de Roquefavour, et qui rappelait, en l'appliquant à Marguerite, une des plus poétiques légendes de la Provence.

Raymond Bérenger prit la chaîne de pierreries qui scintillait sur le damas vert de sa tunique et la passa au cou du troubadour après l'avoir embrassé.

Les sons rauques de la trompette retentirent soudain, annonçant l'arrivée des ambassadeurs ; on entendit grincer les chaînes du pont-levis, et des pas pressés résonnèrent sur les marches de l'escalier.

LA CONFRÉRIE DES MOMONS

Messieurs les ambassadeurs de Louis, neuvième du nom, très-chrétien roi de France, eussent voulu paraître avec tous leurs avantages aux yeux du comte Raymond Bérenger et de sa cour.

Mais l'invitation pressante du comte, par la scène narrée au début de ce récit, et l'indiscrétion de Landolphe Bel-Esbat, les ayant obligés à plus d'empressement et à moins de pompe, ils avaient dû se contenter d'un cortége moins nombreux et de moindre apparat.

Précédés d'un héraut portant la cotte fleurde-lysée et la masse d'or en forme de sceptre, accompagnés de quelques chevaliers, de pages arrachés aux douceurs du sommeil, ils montrèrent un peu de dépit, à la vue du faste que trahissait la salle où ils étaient introduits et qui n'avait point été cependant préparée pour les recevoir.

Le seigneur de Nesle, sur son armure de guerre luisante, et qu'il portait aussi aisément que si elle eût été faite de drap et non de fer forgé, avait endossé un superbe manteau fourré de vair, un peu lourd pour la saison, dont Landolphe Bel-Esbat, — les yeux bouffis et les jambes vacillantes, — soutenait la queue.

L'archevêque de Sens, Gauthier Cornut, prélat de grand renom, avait une démarche majestueuse sous les plis amples de sa simarre violette bordée de soie cramoisie : un capuchon de soie cachait ses cheveux, et de son chapeau à bords plats pendaient des houppes vertes.

Ils s'avancèrent vers le comte, qui les accueillit avec courtoisie, et les conduisit à Madame Béatrix après leur avoir donné l'accolade.

La princesse, un peu troublée, salua dignement le prélat et donna sa main à baiser au chevalier qui, pour ce faire, mit un genou en terre. Il se releva péniblement.

Landolphe Bel-Esbat fut bientôt familiarisé : il lança un regard sournois aux pages de la comtesse, flatta du bout de ses doigts le lévrier qui vint rôder autour de lui, sourit à Pascaline et fit la révérence au vieux Sabran, qui fronçait le sourcil.

On apporta des siéges pour les nouveaux venus, puis des serviteurs placèrent sur les tables des corbeillés de fruits, des bassins d'argent pleins de confitures et de pâtisseries, des flacons de vins et de liqueurs, des gobelets et des coupes de cristal, objets précieux et rares, au treizième siècle.

Landolphe fourragea ces friandises avec l'effronterie d'un favori.

Le sire de Nesle accepta volontiers de vider quelques hanaps en l'honneur des belles ; il eut bu, plutôt, à toutes les femmes de la Provence, ne redoutant point, le digne seigneur, quelques verrées de plus !

L'archevêque se contenta de mouiller ses lèvres d'une goutte de vin de Cerdagne : il ne cessait pas, lui, de regarder la jeune Marguerite, que son oncle l'évêque de Valence, lui présentait en termes qui exigeaient une prompte explication.

Après les compliments et les banalités d'usage, un silence embarrassé se produisit.

L'archevêque méditait sur l'opportunité de débiter incontinent la harangue qu'il élaborait depuis plusieurs jours. Le soldat, plus hardi à la bataille qu'éloquent au conseil, commençait à perdre contenance.

Raymond Bérenger, déguisant sous un calme apparent la satisfaction intime qu'il éprouvait, souriait à Landolphe Bel-Esbat, qu'il avait tout d'abord amadoué en lui offrant un drageoir incrusté de perles fines, plein de cotignac d'Orléans.

— Eh bien ! monsieur l'archevêque, demanda la première la comtesse Béatrix en s'adressaut à Gauthier Cornut, comment se porte madame la reine Blanche ? La voilà bien heureuse d'avoir négocié la paix avec nos cousins de Champagne ? Et notre gentil sire le roi n'est-il pas maintenant chevalier accompli et le plus preux qui soit par le monde ?

L'archevêque, lissant du bout de ses doigts chargés de bagues le tabis de son camail, répondit :

3*

— La reine m'a chargé de vous assurer de l'affection qu'elle a pour vous, madame. Le roi, notre maître n'a rien plus à cœur que de resserrer les liens qui l'unissent à vous.

— Et votre long voyage s'est accompli sans incident fâcheux ? demanda Raymond Bérenger, qui ne voulait pas brusquer les choses.

— Les routes sont très-sûres, à partir de Valence, dit le sire de Sabran, et le château de Ventadour est seul à redouter, quand le seigneur n'y est pas, et que ses archers deviennent des pillards.

— Nous avions avec nous la bannière de France, objecta l'archevêque. Les malandrins n'en sont pas encore à s'attaquer à la fleur de lys.

— Par la Mort-Dieu ! gronda M. de Nesle, sortant enfin de son mutisme, j'aurais voulu qu'on nous barrât le passage ?... Il m'aurait plu d'en découdre avec les rôdeurs de grands chemins... Il faut que le roi soit maître chez lui, et si des seigneurs de noble race dérogent jusqu'à se faire brigands, qu'on les pende haut et court, ce sera bon débarras pour nous autres, chevaliers, qui protégeons les faibles !...

— Vous êtes un vaillant, sire de Nesle ! dit l'évêque de Valence.

Le comte de Provence causait à demi-voix avec son fidèle Romée. Il attendait que les ambassadeurs dévoilassent le but de leur mission.

La comtesse, avertie par la subtilité féminine, eut une subite inspiration.

— Mon frère, dit-elle à Guillaume de Savoie, voulez-vous emmener Marguerite et lui faire répéter cette belle poésie du *Fil de la Vierge*, composée par un de nos moines d'Hautecombe ; Elle nous la dirait mieux, ayant reçu vos conseils.

Le jeune prélat sourit :

— C'est une bonne idée, ma sœur. Venez, Marguerite. Le manuscrit du poème, que dom Claudius mit sept ans à écrire et enluminer, est dans le retrait où votre mère dit ses heures.

Il prit la fillette par la main.

— Vous, Pascaline, couchez Béatrix : la pauvre mignonne est déjà endormie.

— Et pourtant, mère, fit remarquer la petite Sancie, le bonhomme qui jette du sable d'or dans les yeux n'est pas encore passé !

La comtesse mit le doux baiser du soir au front de ses filles, et Pascaline, sous la garde de l'austère vicomtesse de Béarn, les conduisit au dortoir, où elles reposaient sous l'œil maternel.

Lorsque dame Gersinde fut revenue, Raymond Bérenger, le comte de Mauriénne et Romée formèrent un cercle autour du trône de la comtesse, aux côtés de laquelle étaient assis les deux ambassadeurs du roi de France.

Le vieil Elzéar de Sabran, bercé par une mélodie que Roquefavour jouait en sourdine sur sa harpe, sommeillait dans un coin, et à l'autre

bout de la salle Landolphe Bel-Esbat, en philo-
sophe délié, discourait paisiblement avec Rubis,
le grand lévrier blanc, qui semblait comprendre le langage du fol si épris de sa compagnie.

Le manége habile de Béatrix de Savoie n'a-
vait point échappé à la sagacité de Gauthier
Cornut.

Il se mit debout et s'inclinant devant elle :

— Madame, lui dit-il gravement, nous venons demander en mariage la princesse Marguerite, votre fille...

Dame Gersinde l'interrompit impétueuse-
ment :

— Pour un des frères du roi, sans doute ? Le
comte du Poitou ?... Le comte d'Anjou ?... Ce serait grand honneur pour ma belle nièce... Et
que Dieu soit béni !...

L'archevêque poursuivit de son ton paisible :

— Pour notre seigneur Louis, neuvième du
nom, roi de France !...

— Ma fille, reine ! s'écria Béatrix.

— Reine ! répéta Raymond Bérenger, en se redressant avec orgueil.

La vicomtesse Gersinde, suffoquée, pâlit.

— Reine de France, murmura le conseiller Romée : c'est la gloire de notre Provence.

— Oui, monseigneur, ajouta l'archevêque en s'adressant au comte Raymond. Son Altesse le roi sait quel précieux trésor vous possédez : la renommée des vertus et des grâces de votre fille est venue jusqu'à lui, et de toutes les princesses de la chrétienté, il n'en est pas une qui lui paraisse plus digne de partager sa couronne. Louis IX, élevée par la plus attentive des mères, sera un grand roi... Mais ce qui vous touche davantage, madame, c'est que cette union donnera le bonheur à votre enfant, car Louis de France l'aime, et jamais il n'aimera que Marguerite. Oh ! ne pleurez pas ! ajouta le prélat, en voyant des larmes sourdes aux paupières de Béatrix... N'étes-vous pas bonne Française ?... Votre fille ne part point pour l'exil de la terre étrangère... Elle sera près de vous, et vous, près d'elle, quand il vous plaira... Autour de son trône, elle verra se presser une famille aimante et dévouée : une seconde mère, une sœur admirable, notre princesse Isabelle, des frères soumis...

— J'ai peur de madame Blanche ! on la dit si jalouse !... balbutia la comtesse, en souriant à travers ses larmes.

Raymond Bérenger jugea le moment venu d'intervenir : ce court dialogue lui avait laissé le temps de la réflexion.

— Certes, ce nous est une joie profonde que de voir notre enfant recherchée par le plus illustre monarque du monde, prononça-t-il d'une voix lente, et d'un ton mesuré. L'honneur que me fait mon suzerain est grand, en vérité ! Mais ignorez-vous, monsieur l'archevêque de Sens, que Marguerite, égale en noblesse à toutes les princesses du sang royal, ne peut apporter à son époux qu'une dot modeste ? Ceci, je le sais, est à régler entre vous et mes conseillers. Mais un père de famille doit ne pas tarder...

— Le roi ne s'est nullement occupé de cette question, interrompit vivement le sire de Nesle, qui n'avait point encore parlé. Mais son conseil a délibéré de fixer la dot à dix mille marcs de cinquante-huit sous d'argent(¹).

— Impossible ! dit le comte, en poussant un soupir. J'ai quatre filles à pourvoir, et je ne suis pas riche.

— Monseigneur, dit Romée à l'oreille du comte, laissez-moi faire. J'ai deux mille marcs d'épargne, et je trouverai le reste en temps utile. Si vous établissez madame Marguerite, vos autres filles seront pourvues comme il convient aux sœurs de la reine de France. Octroyez la dot, et

¹ 588,015 francs 60 centimes.

gagnez madame Béatrix à la cause du bon roi Louis. Je me charge de mener l'affaire à bonne fin.

— Monseigneur, je ne veux point vous presser, reprit Gauthier Cornut en faisant la révérence. L'entretien que nous venons d'avoir en forme privée ne tire pas à conséquence... Demain...

La comtesse Béatrix l'interrompit au grand déplaisir de dame Gersinde, qui allait prendre la parole :

— Non, dit-elle : repousser une semblable alliance n'est pas de notre droit : notre maison en sera illustrée, et je sais que Louis de France fera de mon enfant une femme heureuse : il est tel que j'aurais souhaité que fût mon fils, si Dieu m'en avait accordé un. Ma sœur, dit-elle à madame de Béarn, voulez-vous allez quérir Marguerite, et mon frère l'évêque ? Les accordailles se feront sur-le-champ.

A cet instant même, on entendit au dehors

les sons prolongés de la trompette, et les pages, tout effarés vinrent prévenir le comte que la confrérie des Momons sollicitait audience.

Dans ce pays de la poésie, le peuple lui-même était poète. Les artisans, troubadours populaires, avaient formé une association, chargée de redresser par une censure publique les abus et les ridicules.

Une jeune fille coquette adoptait-elle une mode étrangère à son pays, un jeune ambitieux, dédaignant la carrière paternelle, cherchait-il à pénétrer dans une sphère supérieure, un magistrat avait-il rendu un arrêt inique et pouvait-on l'accuser d'avoir cédé à l'intérêt, dès que le bruit de ces fautes ou de ces prévarications arrivait jusqu'au public, le chef des Momons, accompagné de quatre poètes apprentis, se rendait dans la maison du coupable.

C'était leur droit, et personne n'aurait osé leur fermer la porte.

Après avoir jonché de fleurs de genêt le par-
quet de la salle où était réunie la famille, ils
chantaient les vers naïfs, dans lesquels ils
avaient renfermé le blâme [1].

Raymond Bérenger, se conformant à la con-
tume, ordonna que les Momons fussent introduits.

Ils étaient pour le moins quarante, uniformément vêtus d'un costume jaune et rouge mi-
parti, et groupés autour d'un porte-étendard
qui soutenait une bannière blanche avec ces
mots, brodés en laine bleue :

A LA PLUS BELLE !

Il y avait là Sylvère Maguiboul, le péager,
Delphin Cornillon, le sonneur de cloches, et le
taillandier Belancasse, et Feli qui faisait de si
jolies corbeilles avec de l'osier tressé.

Ils se rangèrent en bon ordre au fond de la

[1] La Richardays : *Isabelle de France et la Cour de saint
Louis.*

salle ; leur président, jeune bazochien aux longs cheveux bouclés, ayant bonne mine sous sa casaque à manches tailladées, s'avança pour faire son compliment à la comtesse, qui le reçut avec une affable courtoisie.

Puis les plus jeunes adeptes de la confrérie jonchèrent les dalles de fleurs de genêt, mêlées de pétales de roses, de bluets et de boutons d'or.

— A qui donc en avez-vous messieurs les Momons? demanda le comte de Provence en souriant, d'un air embarrassé, car la présence des ambassadeurs français donnait une certaine gravité à la visite des troubadours populaires. Est-il quelqu'un de nous qui ait démérité ?

Le bazochien, s'inclinant répondit :

— Sire comte, je ne vois pas ici madame Marguerite, notre Perle.

— Ma fille ? reprit Raymond Bérenger, la voici !

Deux pages soulevaient la portière de brocart, et Marguerite parut, précédée de son oncle l'évêque. Elle devint confuse en se voyant le point de mire de tous les regards, ses joues s'empourprèrent.

Béatrix et dame Gersinde, un peu inquiètes, attendaient.

Celle-ci, même, au mépris des usages, murmura :

— Les races royales jouissent de priviléges...

Raymond lui imposa silence :

— Ma sœur, dit-il, nos peuples en ont aussi !

Landolphe Bel-Esbat, fort intéressé, avait laissé le lévrier, qui grondait sourdement.

Le président des Momons reprit la parole, et, s'adressant à Marguerite :

— Madame, lui dit-il, ce sont vos humbles serviteurs de la gaie science qui viennent vous présenter une requête... Le bruit s'est répandu, tout à coup, dans la ville, que l'on vient vous chercher pour vous conduire en France...Quoi ! le plus précieux joyau de notre écrin de pierreries nous sera-t-il enlevé et la Provence doit-elle perdre la Perle, que tous admirent, la princesse que tous chérissent?... Ne nous quittez pas madame ! Notre ciel est d'un azur toujours limpide... Nos jardins sont pleins de fleurs parfumées... A l'ombre des orangers croit la violette... Nos plaines et nos coteaux sont fertiles... Où trouverez-vous une patrie plus belle, et de plus fidèles sujets ?...

Marguerite demeura interdite. De grosses larmes glissèrent entre ses longs cils. Elle regarda sa mère, qui souriait, dame Gersinde qui se redressait avec majesté, l'archevêque et le sire de Nesle, qui semblaient émus.

Raymond Bérenger, grave et fier, s'avança vers le chef des Momons, tenant par la main la gentille Marguerite, et, le visage radieux, il s'écria d'une voix sonore dont les éclats vibrèrent dans la vaste enceinte :

— Loz à Dieu tout-puissant ! Noël au roi ! Mes amis, si Marguerite s'éloigne de nous, c'est pour enrichir notre Provence d'un surcroît de gloire. Oui, c'est vrai : elle part ! Le roi Louis de France la demande en mariage...

— Noël à la reine ! cria le vieux Sabran, qui tira son épée du fourreau, et répéta, en même temps que toutes les voix s'unissaient à la sienne :

— Noël ! Noël !

— O mon père... balbutia Marguerite tremblante.

— Oui, ma fille, reprit le comte en serrant l'enfant dans ses bras, oui, vous allez ceindre le diadème, le plus beau diadème de la chrétienté... Vous allez être la reine, notre reine à tous, la suzeraine de votre père ! Dieu vous réservait à ces hautes destinées. Mais ne vous laissez paséblouir.

Si vous grandissez par le rang, grandissez par la vertu. Vous aurez peu de droits, et beaucoup de devoirs : reine du parterre, soyez la servante du ciel. Protégez les malheureux, nourrissez les pauvres, défendez les faibles, soyez la tutrice des veuves, la mère des orphelins. Vous ne gouvernerez pas : priez sans cesse pour que votre époux gouverne selon les lois de Dieu. Vous serez la seule femme du royaume n'ayant pas le droit de conseiller son mari : guidez-le par votre exemple. La couronne de pierreries est toujours doublée d'une couronne d'épines : votre front saignera plus d'une fois!...

Il ne put achever.

De tous côtés s'élevaient des voix attendries, des prières, des murmures, des sanglots.

Une longue acclamation retentit enfin, et porta la bonne nouvelle à la multitude qui se pressait aux abords du château :

— Vive Marguerite, reine de France !

IV

LES CHEVALIERS DE LA COSSE DE GENÊT

Le 27 mai, au matin, Louis de France ayant achevé ses prières dans le petit oratoire qu'on avait dressé à côté de sa chambre dans le logis qu'il habitait à Sens, fit demander à la reine Blanche, sa mère, la permission d'entrer chez elle.

« Le jeune roi avait déjà sur le front le cachet de la sainteté ; son âme ajoutait l'auréole qui s'allume aux rayons d'un cœur pur, aux

4

splendeurs de la couronne royale. Le doux sourire de son enfance était resté sur ses lèvres
avec son aimable pureté ; mais son regard avait
cette dignité calme qui le faisait respecter. La
bienveillance de son accueil ne lui faisait rien
perdre de la fermeté et de la loyauté sévères
qui convient aux monarques[1].

Il était, contre son habitude, somptueuse-
ment vêtu. Le manteau royal, chargé d'un semis de fleurs de lys d'or, s'attachait sur sa tunique de velours bleu richement brodée, par
une agrafe de pierreries représentant une
branche de lys et une branche de marguerites
entrelacées autour d'une croix, avec cette devise : *Hors cet anel, point d'amour.* A sa ceinture d'orfèvrerie pendait le glaive de Charle-
magne ; sur ses cheveux massés en touffes
abondantes sur les tempes, et coupés carrément

[1] La Richardays.

sur le front, brillait la couronne royale, constellée de pierreries.

Lorsqu'il entra dans le retrait de sa mère,
celle-ci ne put retenir une exclamation joyeuse.

— Oh ! cher fils, que vous êtes beau ! s'écria-
t-elle.

Louis la salua avec un respect plein d'amour.
Blanche de Castille, jeune encore et d'une imposante beauté, achevait de se parer pour la
cérémonie, car on attendait à Sens, ce jour-là
même, la royale fiancée, et le mariage devait
être célébré aussitôt.

Pour obéir à l'étiquette la reine-mère n'avait
pas quitté son deuil de veuve, entièrement
blanc, et qui faisait donner aux veuves des monarques français le titre de *reines blanches.*

Elle portait une ample jupe d'étoffe de damas
blanche, parsemée de fleurs de lys en perles
fines, et armoriée sur le côté de la tour de Castille, brodée en argent ; une étroite bande d'her-

mines bordait son surcot de drap d'argent frisé ; un voile de soie cachait sa chevelure, et se plissait autour de sa tête sous un bandeau de pierreries.

— Ma mère, lui dit le roi, après l'avoir embrassée, il m'est venu une idée. Pour honorer ma chère fiancée, l'épouse que vous m'avez choisie, j'ai résolu de fonder un nouvel ordre de chevalerie, et je vais créer des chevaliers de la Cosse de Genêt.

— Déjà ? fit Blanche dont l'accent exprima une sorte d'amertume... Et vous n'avez point encore vu Marguerite de Provence !... Hélas ! c'est le destin des mères d'être toujours sacrifiées...

— Madame ! Quelle hâte de m'accuser !... Dieu ne m'ordonne-t-il pas de chérir celle qui va être la compagne de ma vie ?... Et ne me reprocheriez-vous pas de ne pas l'aimer ?

— Certes, mon fils, je souhaite que vous

soyiez pour elle bon mari, comme le fut, pour moi, votre père Louis, mon maître et seigneur — Dieu l'ait en son giron ! Mais au moins que cette affection nouvelle ne vous fasse pas oublier l'amour que vous me devez, les soins dont j'entourai votre enfance...

— Je serais bien ingrat !.. Ma mère, vous aurez un enfant de plus pour vous aimer ! Et c'est moi, qui devrais redouter qu'elle prenne dans votre cœur un peu de la place qui m'appartient.

— Toi ! s'exclama passionnément Blanche de Castille, en étreignant son fils dans ses bras.

Elle le tint serré contre elle, couvrant le front du jeune homme de baisers ardents, sans se soucier de la couronne dont les aspérités lui meurtrissaient le visage.

Elle répéta encore, comme en un cri d'angoisse, ce mot :

— Toi !

4*

Puis se calmant, avec une tendresse de nourrice berçant un enfantelet :

— L'amour d'une mère survit à tout, en ce monde... Je t'aimerais plutôt mort que coupable ! Mais je te mépriserais, que mon cœur palpiterait encore au son de ta voix. Va, mon bien-aimé ! sois heureux : ma tâche est remplie. Tu es le maître, à présent. Tu es le roi !... Je ne serai désormais que la seconde femme de France... Et que m'importe ? J'ai fondé assez de monastères pour trouver un refuge, fût-ce au fond du plus pauvre !...

.   .   .   .

Toute la population de Sens était répandue sur les chemins que devait parcourir le cortége de la reine Marguerite, et de tous les bourgs et villages voisins, depuis la veille, ne cessaient d'affluer des multitudes de curieux, en habits de fête, et qui se divertissaient fort à crier :

« Noël ! »

Les vieilles rues de l'antique cité sennonaise, on ne les reconnaissait plus sous leurs décorations splendides.

Partout le chiffre des époux, tressé en fleurs, s'épanouissait, entouré de touffes de feuillage frais ; d'un logis à l'autre, au travers des rues, s'étendaient des guirlandes où l'on avait multiplié les marguerites.

Le pavé disparaissait sous des jonchées de pâquerettes, de bluets, de coquelicots des champs.

Aux fenêtres se balançaient, doucement agités par la brise, des étendards fleurdelysés, des bannières palées jaune et rouge, aux couleurs de Provence, des gonfanons blancs chargés de devises, de symboles héraldiques.

Les hôtels nobles étalaient de belles tapisseries à personnages, œuvre des châtelaines laborieuses ; les marchands avaient tendu leurs boutiques de pièces de serge rouge, et les bour-

geois, leurs maisons, de draps blancs parsemés
de bouquets et garnis de rubans ; les pauvres
même ornaient leurs cabanes de branches d'aubépine et de houx.

Les murailles de la ville et leurs vingt-cinq
tours étaient couvertes de soldats, archers, hal-
lebardiers, piquiers, dont les armes luisantes
bordaient les créneaux d'une frange d'acier.

Le drapeau royal flottait au sommet de la tour
de *pierre* et de la tour de *plomb*, ces deux superbes clochers de la cathédrale rebâties par Philippe-Auguste, sur l'église neuve de Saint-Mau-
rice et sur les temples nombreux dont les flèches
se profilaient, sveltes, sur l'azur sans tache du
ciel, qu'illuminaient les rayons d'un beau soleil
de printemps.

Partout donc, dans les rues, sur les places,
dans les carrefours, sur le talus des remparts,
une foule tumultueuse se pressait, contenue à
grand'peine par les sentinelles préposées à mo-

dérer les enthousiasmes trop bruyants et les élans trop expansifs.

Ici, des bourgeois, aux longues houppelandes violettes, entouraient un vieillard appuyé sur un bâton à bec de corbin, et dont un large turban couvrait la tête chauve.

Là, c'étaient des artisans, groupés au bord de la route, et qui péroraient avec vivacité, devisant de choses qu'ils ne connaissaient point, ce qui fut la fantaisie des ouvriers de tous les temps.

Plus loin, de vaillantes commères caquetaient, se plaignant que leurs atours fussent froissés plus que de raison par les paysannes des environs, qui lançaient force quolibets aux vignerons de Villeneuve, aux grangers de Saint-Julien, dansant la farandole, aux sons d'un rebec et d'une viole.

Des jongleurs, des bateleurs, parcouraient la foule, offrant de montrer les plus jolis tours de leur métier, mais la fièvre de curiosité tenait tout le monde, et l'on attendait un spectacle bien autrement attrayant que des gambades ou des grimaces.

Oubliers, pâtissiers, acquarols cheminaient à travers les rangs serrés de la foule, offrant pain de tribolet, gâteaux, cassemuseaulx, hydromel, vin de pommes, et criant les figues de Malte :

> Figues de Mélite sans fin
> J'ai raisin d'outre-mer, raisin !

A la porte principale de la ville, les musiciens faisaient rage sur leurs estrades, avec les trompettes à pennons armoriés, les psaltérions, les tambours, les hautbois.

Sur les échafauds se tenaient, roides et compassés, les personnages mythologiques chargés de représenter les vertus de la jeune reine, et les comédiens qui devaient jouer devant elle le mystère du grand roi Salomon.

Il va sans dire que ces gens n'étaient point

silencieux ; leur joie se traduisait, au contraire, par mainte chanson, par des cris, des rires, des interpellations plus ou moins saugrenues.

De tous côtés s'échangeaient devis joyeux, propos de table, gaies sornettes.

On manifestait certaine anxiété.

Comment serait madame la reine ? Sévère autant que madame Blanche si redoutée, douce et pieuse comme madame Isabelle, sœur du roi ?

Quelques vieillards se rappelàient encore les tristes démêlés du roi Philippe-Auguste avec le Saint-Père de Rome, la mélancolique Ingeburge de Danemarck, cette fleur des neiges scandinaves, et l'impérieuse Agnès de Méranie, chassée de la maison royale.

Vers neuf heures, les cloches, mises en branle, lancèrent dans l'espace leurs notes graves et vibrantes.

La multitude poussa une immense clameur,

et salua le cortége royal, qui s'avançait à la rencontre de la noble fiancée.

En tête chevauchait le roi Louis, radieux de grâce et de jeunesse, montant un bel andalou, caparaçonné de velours bleu, tout raide d'orfrois, chamarré de franges, de crépines, et dont le chanfrein de drap d'argent portait un énorme plumail blanc.

Puis venaient, sur leurs palefrois que conduisaient des écuyers richement vêtus, la reine Blanche et la princesse Isabelle ; à leur suite, les princes, frères du roi, encore adolescents ; puis le connétable de France, les grands officiers de la couronne, un nombre infini de gentilshommes, de capitaines, de pages.

Aux côtés du roi se trouvaient douze seigneurs, vêtus d'une cotte en damas blanc, surbrodée d'or, sur laquelle étincelait un collier formé de cosses de genêt, et coiffés d'un chapel de velours violet d'où retombait un phylactère de soie de même couleur avec cette devise : *Exaltat humiles.*

C'étaient les chevaliers de la Cosse de Genêt, institués par Louis XI pour honorer l'aimable modestie de Marguerite de Provence.

Bientôt apparut, à une petite distance des fortifications, l'escorte de la princesse.

Les hérauts précédaient sa haquenée, près de laquelle venaient le comte de Maurienne, en cuirasse de guerre, et l'évêque de Valence, en camail de velours, la mitre en tête.

Hélie de Roquefavour, cinq autres troubadours et un ménestrel faisaient partie de la cavalcade, avec une centaine de chevaliers provençaux ou français.

Marguerite brillait d'une beauté sans pareille, dans sa merveilleuse parure d'épousée, toute en toile d'argent diaprée de fleurs de lys, des roses blanches couronnaient les torsades de ses cheveux.

Le vieil Elzéar de Sabran, à pied, mais vêtu

5

d'un somptueux costume, tenait la bride de la haquenée, et quatre autres chevaliers, armés de toutes pièces, montés sur leurs gigantesques destriers, soutenaient, au dessus de la tête de Marguerite, le vaste dais aux pentes semés de paillettes, aux panaches énormes.

Le roi ne put déguiser son empressement.

Il donna de l'éperon à son cheval et s'approcha rapidement de la jeune fille qui, toute rougissante, répondit néanmoins à son salut par un gracieux sourire.

— Noël ! Noël à la reine ! criait la foule, débordant d'enthousiasme.

— Loz à notre sire le roi !

— Dieu garde le roi très-chrétien !...

— Vive la reine Marguerite !

— Reine ? Elle ne l'est pas encore ! fit observer à sa fille Isabelle madame Blanche, qui pinça les lèvres.

Marguerite se sentit fort intimidée par le regard de la régente dont elle connaissait l'empire sur le cœur de son fils.

Après l'échange, réglé à l'avance, des compliments d'usage, le roi prit place sous le dais, entre sa mère et sa fiancée ; les chevaliers de la Cosse de Genêt lui firent une garde d'honneur ; les deux cortéges se mêlèrent, en suivant l'ordre rigoureux des préséances, et l'on se dirigea, à travers l'immense concours du peuple, vers la cathédrale où l'archevêque Gauthier Cornut, entouré d'une cour d'évêques, de prélats, de chanoines et de prêtres, aux ornements magnifiques, attendait les fiancés royaux.

Le mariage fut célébré selon les rites usités, avec une pompe que la simplicité habituelle de la cour rendait plus remarquable.

Sur l'anneau nuptial que mit Louis au doigt de Marguerite, — un chef-d'œuvre d'orfévrerie, — on avait gravé ces paroles, qui résument tout le cœur et toute la vie du jeune roi : *Hors cet anel, point d'amour.*

Après le mariage eut lieu le couronnement. La reine reçut à genoux l'onction sainte et le sceptre que lui présenta l'archevêque, dit un historien : le prélat prit sur l'autel le diadème royal que les grands vassaux et les pairs vinrent soutenir sur le front de Marguerite ; puis ils reconduisirent la reine sous le dais, au milieu d'un enthousiasme universel.

Louis assistait à cette consécration dans un profond recueillement.

Il accompagna la reine à l'offrande, baisa l'Evangile avec elle ; et les époux présentèrent ensemble à l'autel un pain et un baril d'argent plein de vin.

Marguerite ajouta onze deniers d'or, le monarque, treize écus, et tous deux communièrent à la sainte Table.

En sortant de la cathédrale, le connétable,

l'épée nue à la main, et le grand chambrier de France précédaient la souveraine, à qui la reine Blanche dit alors, en l'embrassant avec effusion :

— Ma bru, vous êtes désormais ma dame et maîtresse.

Marguerite répondit en langage roman :

— *Royna de parterre, ancilha de Cœly !...* Reine du parterre, servante du ciel.

Ces mots devinrent sa devise.

Il serait impossible de décrire exactement les magnificences du banquet royal, servi avec le faste particulier à cette époque, dont la barbarie n'excluait pas les recherches les plus minutieuses du luxe.

Il coûta d'ailleurs la somme, considérable pour le temps, de quarante-deux mille francs. Les époux avaient des cuillers et des coupes d'or fin, ce qui ne s'était jamais vu.

Il y eut nombre d'intermèdes, représentant

des épisodes cynégétiques : bouffons et baladins s'en donnèrent à cœur joie.

La population eut sa large part de ces réjouissances : le roi, alors, n'était-il pas véritablement le père de son peuple ?

Et pendant ce temps, que faisaient à Aix, le comte, la comtesse Béatrix, dame Gersinde, sans oublier la servante Pascaline ?.

Ils pleuraient, sans doute, l'absence de la belle Marguerite, et les Momons allaient de maison en maison chanter ses louanges.

Quant à Landolphe Bel-Esbat, grâce à la protection de son maître, il avait obtenu la faveur d'entrer au service de la reine, en qualité de gardien, de menin et compagnon du beau lévrier Rubis, son ami le plus intime.

. . . .

Le soir de cette mémorable journée, le roi et la reine se présentaient, accompagnés de quelques dames et seigneurs, aux portes de l'hôpital de Sens, et demandèrent à visiter les malades.

On les introduisit dans une salle immense où s'allignaient plusieurs rangées de lits. Une lampe à trois becs, suspendue à la voûte enfumée, y répandait des lueurs indécises. Au chevet des pauvres couchettes, un bénitier d'étain, une branche de buis de la dernière Pâques fleuries rappelaient aux malades les ineffables consolations de la foi.

Un grand nombre de malades gisaient là, enveloppés de linges... Des faces livides et décharnées, des yeux mi-clos, des bouches crispées : des mains amaigries, s'allongeant sur les couvertures.

Au bout de la salle, sous le crucifix de bois naïvement sculpté par un imagier, étaient réunis les malheureux atteints des écrouelles.

Louis et Marguerite allèrent de grabat en grabat, distribuant d'abondantes aumônes, et disant à chacun de ces affligés les douces paroles qui réconfortent les plus accablés par le poids des misères humaines.

Ils appelaient *Mon frère* ces tristes hères qui se soulevaient sur leur paillasse, effarés, et qui pleuraient de contentement, en baisant l'anneau royal.

Puis le roi vint aux scrofuleux qui l'attendaient, humblement agenouillés.

Sans répugnance, du bout des doigts, il toucha leurs plaies en prononçant l'adjuration traditionnelle :

— Le roi te touche, Dieu te guérisse !

V

COURONNE D'OR

Un mois après ces fêtes, la cour était à Pontoise, séjour de prédilection de la jeune reine, parce qu'elle y était plus libre qu'au Louvre.

Marguerite, se soumettant sans délai aux habitudes austères de la famille où elle venait d'entrer et que dirigeait encore l'inflexible autorité de Blanche de Castille, souffrait néanmoins du frein imposé à ses goûts, à ses élégances, à son amour de la poésie et des arts, que sa belle-mère

5*

nommait choses frivoles, peu dignes d'une si haute princesse que la femme du roi très-chrétien.

Une après-midi de juin, enfermée dans sa chambre avec Isabelle de France, sa jeune belle-sœur, et la compagne de celle-ci, Agnès d'Harcourt, elle brodait une de ces tapisseries qu'on dirait l'ouvrage des fées, et dont il ne reste plus dans nos musées que de rares spécimens.

Sous ces doigts agiles, pivoines écarlates, jasmins immaculés, arabesques d'or et de soie, naissaient rapidement : on eut dit qu'elle composait un bouquet aux riches nuances : ces belles fleurs n'avaient pas de parfum, mais elles conserveraient du moins leur éclat pendant plusieurs siècles.

Assise sur un tabouret, tout près de la reine, Isabelle ouvrait un bonnet de laine grossière, évidemment destiné à une mendiante.

C'était une mignonne enfant de dix ans, dont

les jeûnes et les macérations secrètes qu'elle pratiquait avaient altéré la santé.

Au lieu du costume de son rang, elle portait une simple robe de camelot gris, sans autre ornement que l'écusson de France, en losange, brodé en laine sur le côté droit de la jupe; un béret blanc cachait ses cheveux.

Agnès d'Harcourt, plus âgée que les princesses, lisait à haute voix une page de l'Évangile dans un manuscrit enluminé posé devant elle sur un pupitre sculpté à jour.

Les trois femmes étaient réunies dans la profonde embrasure d'une fenêtre ogivale, dont les vitraux coloriés tamisaient la lumière ensoleillée, et reflétaient d'étranges entrelacs, aux teintes vives, sur les dalles de grès poli.

Une ample draperie d'étoffe rapportée d'Orient par les croisés, relevée de grosses torsades jaunes, les séparait de l'appartement, retrait de forme ronde, à la voûte peinte d'azur avec un semis d'etoiles d'or, aux parois tendues d'un épais drap bleu sur lequel ressortaient des crucifix de nacre, des petits miroirs de métal, des torchères de bronze d'un travail lourd, des tableaux byzantins à demi cachés par des feuilles d'argent, des statuettes d'ivoire posées sur des socles de bois dorés.

Dans un coin, sur une peau d'ours, aux griffes de cuivre, aux yeux d'émail, s'allongeait, dans la pose qu'on donne à ces animaux sur les tombes, le beau lévrier Rubis, qui sommeillait en paix, insensible aux agaceries que lui faisait de temps à autre Landolphe Bel Esbat, qui portait maintenant la livrée de la reine de France.

Le jeune garçon ne semblait pas fort gai : il jouait négligemment avec des osselets qu'il lançait en l'air et rattrapait sur le dos de sa main.

Combien il regrettait sa liberté du temps jadis, ses courses folles sur l'âne Miroir, que la fatigue du voyage de Paris en Provence avait envoyé dans le paradis des ânes !

Autrefois il riait, se divertissait ; toute espièglerie lui était permise.

Maintenant il se devait conduire en valet obéissant, en bouffon sérieux, et ne point lâcher la bride à sa verve railleuse, au moins en présence de madame Blanche qui n'aimait guère à plaisanter.

— Agnès, dit tout à coup la souveraine, interrompant la lecture qui commençait à la fatiguer, Agnès, fermez le livre, et devisons un peu, voulez-vous ? On parle rarement, au logis royal ! Et je suis trop jeune, pour absorber mes pensées dans un silence de nonnain. Isabelle, ma chère sœur, vous tairez-vous longtemps encore ?

L'enfant s'inclina, mais sans répondre.

— Madame, vous savez bien que la princesse Isabelle ne prononce un mot que lorsqu'elle ne

peut faire autrement ! s'écria Agnès d'Harcourt,
avec un jolie sourire.

— Oui, oui, reprit Marguerite, mais je ferai
comme la reine-mère, qui paie d'une aumône les
paroles que ma petite sœur lui vend au profit
des pauvres. Isabelle, combien vous donne-t-elle
pour une causerie ?

— Quarante sous, madame [1] ! repartit Agnès.

— Eh bien ! je vous paierai deux sous chaque
parole qui tombera de vos lèvres, chère sœur.
Agnès les comptera ; vos pauvres y gagneront...
et moi aussi, car vous êtes ma douce amie, et je
serais bien malheureuse de ne pouvoir m'entretenir jamais avec vous ! Allons ! chérie, par
charité, ne me tenez pas rigueur plus longtemps ! Si vous commettez un péché en m'adressant la parole, c'est un péché qui fera sourire
les anges. Dieu n'exige pas de tels sacrifices
d'une enfant comme vous.

[1] Quarante francs de notre monnaie. — Historique.

Isabelle, levant ses yeux bleus sur Marguerite, répondit avec la sereine placidité d'une in-
nocente :

— Je vous obéis, madame, puisque vous avez
droit à ma soumission. Mais que pourrais-je dire
qui vous intéresse ? A mon âge, on ne sait rien...
rien, sinon aimer Dieu et le servir.

— Chérie, parlez-moi de votre mère. Pourquoi me traite-t-elle si hautainement? Pourquoi
me sépare-t-elle de mon mari, sans cesse ? L'autre jour encore !... Le roi était malade, et je
veillais près de lui, comme c'est mon devoir...
J'allais dire : mon droit ! La reine Blanche vint,
me prit par la main et me dit : « Venez-vous-
en ! vous ne faites rien ici !... » Et moi,
alarmée de son accent impérieux, je ne pus que
balbutier : « Hélas ! madame, vous ne me lais-
serez voir mon seigneur ni morte ni vive ! »

— Ah ! c'est que madame Blanche est jalouse, intercala Agnès d'Harcourt. Elle ne veut

que le roi écoute un autre conseil que le sien.

— Agnès, il ne vous convient pas de censurer madame ma mère, fit observer Isabelle de France.

— Quand Louis veut me voir, poursuivit Marguerite d'un ton plein d'amertume, il faut qu'il se cache, tout ainsi qu'un larron de nuit brisant la serrure d'un bourgeois, et si les huissiers à verge n'étaient pas nos complices, Louis et moi ne nous verrions jamais hors la présence de madame Blanche. Assurément je m'en plaindrai à mon père !

— Madame, prenez patience, reprit Isabelle que ces doléances affectaient plus qu'elles ne le voulait montrer. Ma mère vous aime véritablement, et mon frère est à peine hors de tutelle ! Sachez attendre...

— Ma tante Gersinde aurait bientôt fait de m'emmener en Provence, murmura la reine, dépitée, et Louis saurait m'y rejoindre... Holà !

Bel-Esbat, à quoi penses-tu ? Où est Roquefavour ?

Landophe se mit debout prestement, défripa
sa collerette et son pourpoint de damas d'un
geste rapide, fit quelques pas en avant, et répondit enfin d'une voix pleurarde :

— Madame, je pense à mon âme Miroir, dont
les os gisent loin d'ici, sous la garde du péager
de la ville d'Aix, Sylvère Maguiboul, auquel j'ai
bâillé neuf sous pour sa peine... Et quant à Roquefavour, il est certainement quelque• part,
s'essoufflant à chanter un tenson en grattant les
cordes de sa harpe à moins qu'il ne dorme, qu'il
ne mange ou qu'il ne se promène....

Agnès d'Harcourt éclata de rire :

— Voilà madame la reine bien avancée ! s'é-
cria-t-elle, en fixant un regard malicieux sur
Landophe.

A ce moment, on entendit la hampe des halle-
bardes frapper en mesure sur le plancher de

l'antichambre ; un page souleva la portière, en
s'effaçant, et annonça :

— Le roi !

Louis roi, de France, entra presque aussitôt.
Il avait bonne mine sous sa garnache de velours
cramoisi à boutons d'or ; son visage exprimait
une joie sereine.

Le maréchal de Gascogne, seigneur âgé, de
noble prestance, l'accompagnait.

— Dieu vous tienne en joie, Marguerite ! s'é-
cria le jeune monarque en accourant vers sa
femme, qui jeta lestement tapisserie, aiguille,
pelotons de soie, et se leva, radieuse de plaisir.

Elle tendit ses joues au roi qui l'embrassa, et
qui, se tournant ensuite vers Isabelle lui dit
avec amitié :

— Bonjour, petite sœur ! Bonjour, damoiselle
d'Harcourt, dit-il encore à Agnès qui fit la révérence. Que disiez-vous donc ? poursuivit-il. As-

seyez-vous, Marguerite. Et toi, petite sœur, que fais-tu de tes mains mignonnes ? Oh ? ce n'est point à quelque châtelaine que ce couvre-chef de laine bis est destiné... Beau travail pour une princesse de mon sang ! Veux-tu me le donner, ce couvre-chef, dont tu as filé toi-même la laine, je le gagerais ?

— Je l'ai filée, en effet, monseigneur, repartit la fillette, et c'est le premier que je filasse oncques. Or ne vous plait-il pas que je le donne à Notre-Seigneur, en la personne d'un de ses pauvres ?

— Sans doute, répliqua le bon roi, il est juste d'honorer les pauvres. Mais n'en filerez-vous point un autre qui soit pour moi, petite sœur ?

— Je le veux bien, si jamais j'en file encore.

— Je t'achèterai, petite sœur, le plus beau rouet qui soit au monde, tout d'argent et d'ivoire...

— Avec le prix de celui-là, mon doux frère, vous en auriez un cent, qui rendraient bien contentes cent ménagères... J'ai le rouet de notre mère, et le garderai sous votre bon plaisir, pour ma part d'héritage.

— Sénéchal, oyez ! quelle sagesse dans cette enfant, dit le roi, émerveillé. J'admire sa vertu précoce, et j'envie presque cet amour du travail et de la charité. Ah ! fit-il en poussant un soupir, les tout petits nous prêchent d'exemple...

Marguerite, impatiente de ce colloque vint s'accouder sur le fauteuil à dosseret où Louis s'était assis.

— Mon cher sire, on vous a donc permis de visiter la recluse ? lui dit-elle en souriant. Combien d'heures cruelles se sont écoulées depuis que je ne vous avais vu !... Et je suis si triste loin de vous, mon gracieux seigneur !... Ne sommes-nous pas unis pour toute la vie, et devrions-nous jamais nous quitter ?... Je suis heureuse d'être là, près de vous, distrayant par mon babil votre esprit chargé de tant d'inquiétudes, — pauvre roi !

— Hélas ! ma bien-aimée, repartit Louis, tendrement, hélas ! nous autres rois, ne sommes-nous pas les moins libres de tous les hommes ? Avons-nous le droit de nous absorber dans les joies intimes, de goûter le bonheur égoïste, nous à qui Dieu a confié le gouvernement d'un peuple ?... Sollicités par tant de soucis graves, sans cesse occupés de la chose publique, obligés de diriger des conseils, de rendre la justice, de concilier, de régner enfin !... notre temps est-il à nous ? Rarement il nous est permis d'en dérober une parcelle au travail, aux affaires... Marguerite, sachez sacrifier une partie de vos sentiments d'épouse aux exigences de votre rang, et soyez assurée que je ne vous aime pas moins, pour vous le dire si peu souvent, et si mal...

— J'ai souvent entendu les pauvres femmes

s'écrier : *Heureuse comme une reine !* reprit Marguerite, et combien de fois alors, me couronnant d'une guirlande de fleurs, je me mirais dans un ruisseau limpide en souhaitant d'être reine...

— Ma femme, n'exagérons point, l'interrompit Louis avec bonhomie. Faites deux parts dans votre vie : celle des droits et celle des devoirs... Et vous verrez alors quelle est votre fortune ! Considérez-vous, madame, et ne vous comparez pas !...

Cet entretien avait lieu à demi-voix : personne, du reste, n'entendait les royaux époux.

Isabelle de France s'était mise à filer avec la gravité d'une matrone romaine : le rouet tournait rapidement sous son pied agile, le fuseau évoluait entre ses doigts déliés. Ses yeux, grands ouverts, contemplaient le ciel à travers le vitrail : elle souriait doucement à ses pensées intérieures, et son visage calme reflétait le contentement d'une âme plongée dans l'extase de la prière.

Agnès d'Harcourt, elle aussi, était silencieuse, mais sa rêverie ne l'entraînait point hors du monde mortel.

Elle songeait aux sereines félicités de l'enfance, aux amies du premier âge, et peut-être sondait-elle l'abîme sans fond de l'avenir, avec cette vague espérance et ces craintes injustifiées qui pâlissent le front des jeunes filles.

Landolphe Bel-Esbat y mettait moins de façons. Vautré sur la peau d'ours, côte à côte avec Rubis, le menton sur ses deux mains, les coudes sur le tapis, il riait au sénéchal de Gascogne qui s'amusait à le railler.

Une épigramme un peu trop vive le fit bondir, il entraîna le bon seigneur dans un coin, et loin des oreilles du roi, riposta de la belle manière.

— Méchant sénéchal! dit-il d'un ton indigné,

n'apprenez pas votre langage de cour à Rubis,
qui est un chien honnête... Jamais il ne me
choque, Rubis... Et la bête a plus d'urbanité
que le chrétien !

— Merci de la comparaison, mon ami le fol.
On dit que les bêtes se hantent volontiers. J'ai
ouï parler de Miroir, qui valait son pesant d'argent, n'est-ce pas ?

— Certes ! Et je donnerais tous les courtisans
à deux pieds pour mes amis à quatre pattes. Ils
savent aimer, ceux-là, et sur vous tous ils ont
l'avantage de ne calomnier ni médire...

— Quel dommage que Miroir soit enterré !

— Grand dommage, en vérité ! Il rendit au
roi de fameux services, puisqu'il me servait, et
que je servais le sire de Nesle, qui sert le roi...
Quel Juif maudit vous a vendu cette robe fla-
mande, fendue sur le côté, et d'une si laide couleur, messire le sénéchal ?

— Bouffon ! c'est une hungherline de forme

nouvelle, et cette couleur hyacinthe est du meilleur goût... Faudrait-il pas être accoutré de jaune et de rouge, comme toi, qui ressembles à un papegai ?

— La payâtes-vous, cette cotte si précieuse ? Et combien ? Vous faites du velours avec la laine de vos paysans, noble sire ! Ainsi le travail des serfs se mue en colifichets.

— Holà ! monsieur le fou, gare à vos oreilles si vous continuez tel verbiage. Notre Louis est tout prêt à faire donner du bâton aux rebelles qui sèment tels discours : en pays chrétien, il n'est point de servage, tout Français est franc de son corps, et peuple qui paie sa redevance n'est pas foulé. Ceci passe la plaisanterie !

Comme il achevait ces mots, le lévrier gronda sourdement, se leva et s'étira en bâillant, puis, d'un saut, tomba devant la porte, les crocs découverts, l'œil fixe.

6

— Holà ! qu'est-ce ? demanda le roi, qui se retourna.

— S'il plaît à Votre Altesse, répondit le sénéchal, c'est le chien qui se fâche...

— Oui ! oui ! murmura Landophe, Rubis est de Provence, et ceux qui viennent de Provence n'ont pas chaude amitié pour certaines gens. Madame la reine Blanche, pour sûr, traverse l'antichambre et vient ici.

La portière fut soulevée par un bras nerveux, et Blanche de Castille parut, en effet, sur le seuil.

Elle avait l'air inquiet et mécontent : son regard embrassa le groupe formé par les jeunes époux, se détourna sur Isabelle, qui s'était levée pour saluer sa mère, sur Agnès d'Harcourt, toute tremblante, et s'arrêta sur le sénéchal, qui faisait piteuse figure, et sur Landolphe, qui retenait le lévrier par son collier de cuir.

— Ma mère ! s'écria Louis en accourant au devant de Blanche.

— Ah ! Louis, vous étiez là ? dit-elle en fronçant
le sourcil. Je ne savais où vous prendre ! On vous
attend en bas. Un prieur qui vient vous recom-
mander son monastère... Des moines, qui vous
apportent des livres superbes... Des capitaines,
qui désirent s'entretenir avec vous des choses
de la guerre... Votre chancelier, qui a préparé
différents édits qu'il faudra signer... Le seigneur
de Coucy, le maréchal Jacques Clément... Sire
de Coutances, ajouta la reine en s'adressant au
sénéchal, votre devoir est d'avertir le roi quand
on a besoin de lui... On se divertissait ici ?...
Fort bien ! après la récréation, le travail. Allez!
Allez ! mon fils, et vous, ma bru, reprenez cette
tapisserie dont l'abbé de Saint-Denys fera une
chasuble très-belle, car vous brodez à ravir...
Toujours silencieuse, Isabelle ?... Votre frère, à
qui vous obéissez, vous devrait ordonner de parler... mais il n'entend plus que la voix de sa...
Hé ! mon garçon, emmenez ce lévrier et le gar-

dez dans le courtil. Je ne veux pas tels animaux
en mon logis...

Elle s'irritait au fur et à mesure qu'elle parlait.

— Ma mère ! dit encore Louis, avec une si
douce majesté que Blanche en demeura interdite.

— O mon fils ! murmura-t-elle en lui jetant
ses bras autour de son cou, tu es meilleur que
moi, et j'ai tort !... Marguerite, pardonnez-moi...
Et vous, Agnès, venez ça que je vous baise.
Isabelle !...

La petite princesse, toute joyeuse, se leva, et
frappant ses mains l'une contre l'autre :

— Mère, dit-elle, je suis contente, et jusqu'à
ce soir, pour vous dire mon merci, je parlerai
à bouche ouverte !...

VI

COURONNE D'ÉPINES

Un jour d'octobre de l'an 1270, c'est-à-dire trente-six ans après les événements rapportés dans les chapitres précédents, un homme déjà âgé, aux traits flétris, dont la marche trahissait une excessive fatigue, se présentait aux portes du château de Vincennes, et demandait à être introduit auprès de madame la reine.

En cet homme vieilli, aux cheveux gris, au visage balafré de cicatrices, vêtu d'un haubert

6'

de mailles, sur lequel flottait un tabart de drap éraillé et fané, qui donc aurait pu reconnaître le sire Landolphe Bel-Esbat, seigneur de Chantegrelles, devenu de fol en titre d'office, héraut d'armes, et de héraut écuyer, puis capitaine, et enfin chevalier, grâce à son courage, à ses exploits durant la croisade malheureuse, qui se termina par la cession de Damiette?

C'était lui, pourtant, mais non plus gai, moqueur, étourdi, donnant tête baissée dans les aventures.

Il cheminait à pas lents, ses jambes vacillaient, et sa taille élevée s'affaissait comme s'il eût souffert de grève maladie.

Que d'événements s'étaient passés durant ces quarante années, qui s'étaient si vite enfuies, depuis les jours heureux de l'adolescence !

Marguerite de Provence avait suivi le roi dans cette expédition d'Egypte où les Sarasins le firent prisonnier, et où elle donna le jour à un prince qu'on nomma Tristan, à cause des malheurs qui fondaient sur sa famille.

Depuis quatre mois le roi s'était séparé de sa femme que, cette fois, il avait refusé d'emmener avec lui, et qu'il ne devait plus revoir ici-bas.

Avant de quitter son royaume, Louis IX voulut pourvoir à l'établissement de tous ses enfants. Il donna la comté de Valois à son fils Jean, les comtés du Perche et d'Alençon à son fils Pierre; il maria sa fille Blanche au fils du roi Alphonse de Castille. Il rédigea son testament. Enfin, écoutant le bien de l'Etat plutôt que sa tendresse au lieu de confier la régence à la reine Marguerite, il y appela deux hommes renommés pour leur habileté dans l'administration et pour leurs vertus : Mathieu de Vendôme, abbé de Saint-Denis, et Simon de Clermont, seigneur de Nesle.

Puis il alla prendre à Saint-Denis le bourdon de pélerin et l'oriflamme.

« Louis, brisé par les émotions et depuis longtemps si faible qu'il ne pouvait plus supporter
le cheval, dit un historien se trouva dans un
tel état en arrivant à Paris, que le sénéchal de
Champagne le porta dans ses bras de l'hôtel
d'Auxerre au couvent des Cordeliers. Là, le
fidèle serviteur, qui n'accompagnait point son
maître, lui dit adieu, couvrant ses mains royales de larmes et de baisers. »

Le 1er juillet, le roi s'embarquait à Aigues-
Mortes.

. . . .

Marguerite de Provence n'était plus la radieuse
jeune femme, qui se plaignait naguère, en pri-
vilégiée de la Providence, de ne pas goûter le
bonheur parfait.

Agée d'environ cinquante ans, ses cheveux
gris s'enroulaient en torsades sans ornement
sous une coiffe noire : une robe de drap bleu
dessinait les contours de sa taille amaigrie : l'u-

nique joyau qui fit sa parure était un reliquaire précieux renfermant une parcelle de la vraie croix, suspendue à son cou par une chaîne d'or.

Assise au coin de l'âtre, immobile dans son grand fauteuil de bois sculpté, les yeux clos, les mains croisées sur ses genoux, dans une pose qui décelait une mélancolique lassitude, elle écoutait la lecture de l'office que lui faisait son chapelain d'une voix monotone.

Hélas! la pauvre reine était seule et bien abandonnée dans ce vaste donjon!

Il n'y avait plus, auprès d'elle, cette mignonne Isabelle, devenue une sainte, ni cette charmante Agnès d'Harcourt, ni pages mutins, ni personne.

C'était la morne solitude qui se fait autour d'une veuve.

Combien de larmes elle versait, la souveraine tant enviée, à qui le fardeau de la couronne pesait si durement.

Son cœur de mère saigna plus d'une fois ; elle connut toutes les souffrances de l'âme et du corps, et comme le lui avait dit autrefois son père, elle vit bien que le diadème d'or des rois est le plus souvent doublé d'un faisceau d'épines.

A quoi pensait-elle, à cette heure, dans son isolement, la royale épouse ? Peut-être entrevoyait-elle, dans un rêve, le ciel d'un azur implacable qui s'étend sur la terre d'Afrique, l'immense désert de sable rouge, les oasis de palmiers, les buissons de nopal, les ruines de Carthage... Peut-être se disait-elle que bientôt le roi de France reviendrait, menant à sa suite le roi de Tunis, devenu chrétien par la grâce de Dieu !... Souriait-elle aux promesses de son fils Tristan, si jeune et si beau, qui gagnait là-bas — si loin ! — ses éperons de chevalier...

Un serviteur vint lui annoncer que le seigneur de Chantegrelles demandait audience.

— Chantegrelles ? dit la reine, je ne connais pas ce nom.

Puis la mémoire lui revint tout à coup, et, avec la mémoire une angoisse qui lui serra le cœur.

— Landolphe ! s'écria-t-elle. Oui, le roi lui octroya ce fief pour le récompenser de ses faits d'armes. Il revient de Tunis... il m'apporte des nouvelles. Qu'on fasse monter le sire de Chantegrellès, et qu'on l'introduise aussitôt, ordonna-t-elle d'une voix fébrile.

Elle renvoya son chapelain, qui se retira, fort étonné d'une dérogation si ouverte aux lois de l'étiquette.

— Landolphe ? poursuivit Marguerite, joyeusement... Il y a quarante ans que cette homme nous sert. Il était avec le sire de Nesle, quand on vint me quérir à Aix, de la part du roi... Chantegrelles ! Il a vu mon bien-aimé seigneur, mon fils Philippe, mon fils Tristan, et ma bru

Isabelle, qui sera, après moi, reine de France. Pauvre femme ! Reine !... Ah ! je vais enfin savoir...

Un pas lourd traînant sur les dalles résonna dans la pièce voisine.

La porte s'ouvrit.

Landolphe parut sur le seuil, redressant avec peine sa belle stature de soldat.

La reine vit d'un coup d'œil, ce visage abattu, ce regard atone, ce harnais terni, maculé de poussière. La terreur la reprit :

Elle balbutia, émue :

— Eh bien ? mon mari... mes fils ?

— Madame, répondit Landolphe, qui fit un pas en avant, et fléchit le genoux, madame, n'avez-vous reçu aucun courrier cejourd'hui ?

— Non, dit-elle, palpitante d'anxiété.

— Alors c'est que je l'ai dépassé, vers Melun. Il galopait à deux lieues en avant de moi, j'ai tué deux chevaux pour arriver plus vite...

Je suis resté en selle quarante heures, sans dormir, sans manger...

— Le roi ? interrogea Marguerite, pâle comme un cadavre.

— Le roi, madame ?

— Oui. Qu'est ce ? dites-le moi...Un malheur, n'est-ce pas ? Le roi est malade...

Landolphe hocha la tête.

— Blessé ?

— Non, fit Landolphe d'un geste découragé.

— Prisonnier !... prisonnier de ces barbares, qui me le tueront ?.. Mon Dieu !

— Madame, repartit Landolphe qui s'appuya contre une table pour ne pas défaillir, le roi de France revient en France...

— Ah ! l'interrompit Marguerite avec exaltation, qu'importe le reste...

Landolphe hésita...

— Parlez ! commanda l'altière princesse.

— Madame, répondit le chevalier d'un ton so-

7

lennel, sachez vous soumettre à la volonté de Dieu...Le roi qui est parti se nomme Philippe III.

— Sainte Vierge ! exclama la reine, Louis est mort !

La voix de Landolphe, écho lugubre, répéta :

— Mort !

Marguerite se renversa en arrière, muette, livide.

— Mort !... Et Philippe règne?... Dieu tout puissant !...

Elle se releva d'un bond.

— Mon fils, cria-t-elle, mon Tristan ?

Deux grosses larmes sillonnèrent les joues hâlées du capitaine.

Marguerite, éperdue, se couvrit le visage de ses deux mains, et laissa désespérément tomber de ses lèvres ce mot terrible :

— Mort !

Tristement, Landolphe répéta de nouveau :

— Mort.

Le vieux soldat faiblit. Il se cramponna aux colonnettes d'une crédence.

— Tous morts !... bégaya-t-il... la moitié de la noblesse française... Adieu ? madame... J'ai assez vécu... Je vais rejoindre mon maître.

Avant que la reine épouvantée eût pu faire un mouvement, il s'affaissa, inerte, sur le plancher, fit lentement le signe de la croix, et rendit son dernier soupir.

LE

DERNIER JOUR DE PHTA-NEHI

—

A MADAME LA PRINCESSE

Olga Cantacuzène Altieri

Février 1880.

LE

DERNIER JOUR DE PHTA-NEHI

—

I

LE RÉVEIL DE MEMPHIS

L'aurore succédait à la nuit.

Des lueurs d'un rose vif teignaient à l'horizon le ciel d'un bleu de turquoise, dont l'azur s'assombrissait peu à peu, pour devenir d'un bleu de saphir au zénith.

Les premiers rayons du soleil dardèrent un jet d'ardente lumière sur les énormes pyramides, aux arêtes nettement découpées, et baignèrent

7*

d'une clarté limpide les sphynx gigantesques accroupis sur le sol, dans leur marmoréenne majesté.

Peu à peu Memphis émergea de l'ombre, avec ses lourdes et massives constructions aux architectures étranges, ses gigantesques propylées alignées sur la rive du Nil et se mirant dans ses flots glauques, ses palais aux proportions démesurées, bâtis pour des Titans par des générations d'hommes ; ses forêts de colonnes épaisses comme des tours, ses pylônes et ses obélisques.

Les monuments grandioses de cette ville unique au monde apparaissaient avec leurs ornements étranges, bigarrés de mille couleurs, et la chaude lumière d'Orient les baignait, faisant ressortir les moindres détails, et leur donnant une valeur infinie.

Sur les terrasses des maisons, aux murs inclinés en talus, se rangeaient des ibis dans une pose grave, et des cigognes familières allaient et venaient dandinant leurs corps blancs sur leurs pattes longues et grêles.

Quelques points noirs tachaient le bleu implacable de l'espace : des gypaètes volant à une grande hauteur.

Dans un des beaux quartiers de la ville, tout auprès du vaste palais où Ptolémée Philadelphe, disposant de l'Egypte comme d'une ferme, avait peut-être écrit le testament par lequel il léguait aux Romains le royaume de Sésostris, s'élevait un palais magnifique, appartenant au noble Phta-Nehi, descendant de Nectanebo II, le dernier roi de la trentième dynastie, le dernier rejeton de la race des Pharaons.

Une colonnade reposant sur des murailles de granit rose, séparait de la voie publique la cour, plantée de sycomores, décorée de sphynx monolithes, qui précédait le corps de logis principal, dont quatorze colonnes renflées, aux chapiteaux en fleurs de lotus, soutenaient le fronton écrasé, où le globe symbolique était sculpté, accosté de deux ailes déployées à l'immense envergure.

Sur les murs, des figures emblématiques, gravées profondément en creux, représentaient les différents héros de la famille de Phta.

Au-dessus de ces entailles, régnait une frise peinte et dorée, où des palmettes vertes s'entrelaçaient à des emblèmes sacrés, d'un rouge vif, sur un fond noir.

Un large perron côtoyé d'animaux fantastiques taillés dans des blocs de basalte, se déployait au devant de la grande porte, sur laquelle se drapaient, en plis lourds, des étoffes brodées, apportées à grands frais du fond de la Syrie.

Aux côtés de cette porte, en des urnes de bronze hautes de plusieurs coudées, s'élevaient des massifs de fleurs, et partout des guirlandes étaient suspendues : les ardents rubis du grenadier se mariaient aux pétales délicats du laurier-rose, et le crocus à la corolle jaune et blanche s'épanouissait auprès du carthame rouge, dans le vert lustré des feuillages.

Aux portes du palais se pressaient déjà les nombreux clients du riche et généreux Phta.

Des soldats, vêtus de pagnes serrés, rayés blanc et vert, portant sur le dos leurs boucliers en peau d'hippopotame ; des matrones, enveloppées de la *calasiris* de gaze, le visage voilé ; des paysans chargés de corbeilles où s'amoncelaient tous les fruits de la terre ; des artistes, cachant, sous un pan de leur tunique safranée, la statuette ou le tableau qu'ils voulaient montrer au Mécène égyptien, et même des prêtres aux costumes étranges, épiant les gestes et les paroles de leurs voisines et mendiant çà et là quelque aumône.

C'était aux derniers jours du mois de Hâthor correspondant à décembre, l'an 854 de la fondation de Rome.

Un préfet romain gouvernait l'Égypte au nom de César-Auguste, empereur, consul pour la treizième fois. Trente années s'étaient écoulées depuis la mort de Cléopâtre.

Les Romains laissaient aux Égyptiens leur religion, leur langue, leurs coutumes ; seulement ils ne permettaient pas que d'autres soldats que ceux des légions tinssent garnison dans leurs villes, et le Préfet Augustal les gouvernait despotiquement sous le seul contrôle de l'empereur.

Dans les jardins erraient, à l'ombre des tamarins et des figuiers, cueillant le népenthès à l'odeur enivrante, le myrte et les roses, des esclaves du pays de Kousch, des Nubiens d'un noir d'ébène, qui modulaient à demi-voix des chansons mélancoliques sur des rythmes sauvages.

D'autres emplissaient de fruits leurs couffes de sparterie : d'autres encore puisaient l'eau dans des amphores de terre poreuse, enduites d'essence d'amandes amères, et enveloppées de linges mouillés pour garder au breuvage toute sa fraîcheur.

Phta s'éveilla de bonne heure.

Il couchait dans une vaste chambre carrée, à la voûte très-élevée, et qui prenait jour sur une cour intérieure où jaillissaient des gerbes d'eau limpide dans une vasque de granit, entourée de chiens à faces humaines.

Les murs de cette chambre étaient ornés de bas-reliefs en creux, de fresques polychromes, à damiers. A la voûte planait la figure du Soleil, soutenu par Isis et Nephtys.

L'un des bas-reliefs représentait le hiérogram-mate Psametik-Nefer-Sam, assis, le long bâton de commandement dans la main gauche, et la bandelette *Senb* dans la droite, recevant les dons que lui offrent cinq femmes agenouillées.

En face était une stèle datant de Thoutmès III. On y lisait ces mots :

Viens à moi, et sois réjoui en contemplant ma grâce, ô mon vengeur, vivant à toujours ! **Je** *resplendis par tes vœux. Mon cœur se dilate à la bienvenue dans mon temple. C'est moi qui te récompense, c'est moi qui te donne la force et la victoire sur toutes les nations. C'est moi qui fais que tes esprits et ta crainte sont sur tous les pays, et que la terreur s'étend jusqu'aux quatre supports du ciel.*

Sur un autel, en serpentine verte, se groupaient plusieurs statuettes : celle d'Isis, en bronze, tenant sur ses genoux son fils Horus, nu et coiffé de la tresse de l'enfance ; celle de *Ta-oer*, monstrueuse, ayant la tête et le corps de l'hippopotame, les pattes et les griffes de la lionne ; des musaraignes, consacrées à la déesse Bouto ; des *ouscheb*, emblèmes composés d'un cynocéphale accroupi sur une corbeille.

Au milieu de la salle se dressait une table,

faite d'un disque d'albâtre rubané, posé sur un socle en bois de cèdre ajouré.

On y voyait une foule d'ustensiles singuliers : un miroir de bronze verni d'or, à manche terminé par une tête d'Hathor ; une tortue en bois sculpté, criblée de petits trous servant à y ficher de nombreuses épingles à têtes de chien ; une fiole à poudre d'antimoine pour les yeux ; un coffret en bois de sandal, incrusté d'ivoire ; un panier en jonc tressé, des spatules et des vases d'argent massif.

Le lit sur lequel reposait le seigneur Phta-Nehi avait la forme d'une panthère ; des coussins quadrillés bleu et vert, bourrés de la barbe du chardon, s'y empilaient ; en guise d'oreiller, une demi-lune, taillée dans un morceau d'ivoire, et portée par un pied, servait de chevet.

Des chimères soutenaient deux candélabres, aux deux côtés du lit.

Sous une niche, revêtue de faïences émaillées,

des parfums brûlaient sur un trépied d'airain.

Phta-Nebi touchait à la fin de son septième lustre.

Son visage offrait le type de la beauté égyptienne dans toute sa pureté.

L'ovale allongé, d'une ligne pure ; le nez droit, à l'arête délicate ; les yeux longs, fendus en amande, bordés de cils noirs, et dont la prunelle, chatoyante comme le diamant, dardait un regard alangui ; une pâleur chaude, mate, faisant ressortir la pourpre des lèvres ; le front large et découvert, les pommettes saillantes.

Ses cheveux noirs étaient tressés en cordelettes. Il dormait vêtu d'une tunique de lin, constellée d'étoiles.

A son cou pendait un pectoral de grains de cornaline, fermé par un scarabée en or estampé.

Des bracelets cerclaient ses bras, près de l'épaule ; une étoffe de laine à rayures bleues et vertes couvrait à demi son corps.

Lorsqu'il ouvrit les yeux, la première personne qu'il vit, fut son esclave favori Noum-Hotep, qui tressait un collier de fleurs de lotus bleues et roses, agenouillé sur un tapis asiatique, aux côtés d'un grand lion privé qui sommeillait, la tête haute, dans sa crinière ébouriffée, les yeux clos, les pattes allongées, avec une pose roide.

Au soupir du maître, Noum se leva, puis se prosterna, touchant la terre de ses mains. Et le grand lion, soulevant ses paupières alourdies, ouvrit sa gueule, bâilla, s'étira, et battant ses robustes flancs de sa queue, vint gravement au près du lit solliciter une caresse.

— Bon augure ! murmura Phta en souriant. Mon premier regard est pour ceux que j'aime. Vous êtes là, Noum, et Sati, mes fidèles !

Sati, le grand lion, cambra ses reins, rugit doucement, et lécha de sa langue rugueuse la main que son maître lui abandonnait avec confiance.

Noum offrit au fils des Pharaons son collier
odorant, puis versa un breuvage d'une buire
d'or dans une coupe du fauve métal, et la lui
présenta.

— Maître, ton sommeil a été agité, cette nuit !
Les quatre génies des morts, Amset, Hapi Tiau-
maut-ef, à tête d'épervier, et Kebeh-Sennouf,
ont-ils envoyé à ton âme des visions funèbres ?

— Oui. Des rêves cruels m'ont assailli... C'est
aujourd'hui que l'AUTRE est né... l'AUTRE, dont
je voudrais savoir le nom !

— Toi qui es savant... Ne peux-tu lire les
papyrus de Psousennès, le prêtre de la tête de
bélier ?

Il désignait ainsi Chnouphis, dont le nom est
analogue à l'hébreu *nouf* et au copte *nef,* qui
veut dire souffle, le premier des dèmiurges,
voguant sur le liquide primordial.

— Non, reprit Phta avec l'accent d'une réflexion concentrée, et comme s'il se parlait à

lui-même : non, Chnouphis n'est plus *Celui qui fait tout ce qu'il y a, le créateur des êtres, le premier existant, le père des pères, la mère des mères.* Au-dessus de *lui* règne l'AUTRE, qui bouleversera la surface du monde. Nos dieux sont tombés !...

Il s'interrompit pour pousser un cri de terreur, et désignant du doigt un endroit du dallage en mosaïque, où le soleil mettait une lumière vive, il s'écria du ton de l'angoisse :

— Qui a versé là du sang ?... du sang ! Rouge, fumant, il coule, il bouillonne. Que de sang, ô Noum !...

L'esclave frémissant vint à l'endroit désigné, et, passant les mains sur le marbre, à plusieurs reprises, il répondit :

— Maître, tu rêves encore, il n'y a pas de sang, ici. Viens, Sati !

Et il força le lion à se rouler sur la place, qui était nette, en effet.

Phta poussa un soupir :

— C'est bien ! dit-il, qu'on m'habille, et qu'on appelle mon interprète des songes Ka-em-Sek-hem.

Il descendit lentement de son lit et vint s'asseoir sur un siége, devant la tête d'albâtre.

A l'appel de Noum, plusieurs esclaves accoururent. Les uns s'empressèrent auprès du maître ; les autres, réunis dans un angle de la salle, chantèrent en chœur, en s'accompagnant d'instruments à l'harmonie douce et mélodieuse.

Le lion s'allongea sur les dalles.

On revêtit d'abord Phta d'une jupe de gaze lamée d'argent, et d'une brassière faite du plumage ocellé du paon, qui laissait à découvert tout le bas du torse ; puis on le ceignit d'une ceinture en étoffe rayée de Philé, fixée par une agrafe de pâte bleue. Enfin on jeta sur ses épaules une longue robe, fendue par devant, couverte de broderies merveilleuses.

Ensuite on lui mit les bijoux que portaient alors les Égyptiens de haut rang : un collier, en grains de cornaline, de lapis-lazuli et de jade, posé sur un pectoral en or estampé, orné de vipères ailées, de vautours, de fleurs à quatre pétales ; des bracelets de feldspath vert, avec le nom d'Amosis gravé ; aux jambes, des armilles en filigrane d'or.

Alors on passa dans la ceinture une hache, au manche en bois de cèdre, orné d'hiéroglyphes, incrusté de turquoises, un poignard d'un métal dur et noirâtre encastré dans une bande d'or, et un second poignard à lame de bronze jaunâtre, dont le pommeau était un disque lenticulaire d'argent.

Cela fait, on mit dans la main de Phta un bâton de bois noir recourbé à son extrémité, et entouré d'une large feuille d'or en spirale.

Derrière lui vinrent se placer deux flabellifères, balançant d'énormes éventails en plumes

d'autruche, au centre desquels on voyait la figure du dieu Chous, suivi d'un uræus dressé, et
celle de l'hébreu Joseph, appelé par le Pharaon
Tsaphnath-Hanéa'h, que les Septante écrivent
Psouthom-phanech et qui signifie l'*approvision-
neur du monde*.

Alors seulement on coiffa Phta-Nehi du casque
allongé en mitre où se tordait la vipère symbolique, et d'où tombaient roidement des fanons
de pourpre.

II

TOUJOURS DU SANG !

Pendant ce temps, un homme était entré dans
la chambre ; un nain difforme. De longs cheveux emmêlés flottaient autour de son visage,
d'une laideur grotesque ; une couronne de feuilles
de lotus ombrageait son front bosselé, marqué
du signe sacré des hiérophantes.

Autour de son corps nu s'enroulait une peau
de panthère, dont la tête, aux yeux d'émail,
s'appuyait sur son épaule, tandis que les pattes,

8

garnies de griffes d'or, flottaient comme de larges lanières.

— Sekhem, Sekhem ! s'écria Phta-Nehi, en le voyant, avec un terrible accent d'effroi, pourquoi te présentes-tu à ma vue couvert de sang?... Le sang suinte sur ta peau... Tu es hideux... Va-t-en !

— Maître, répondit l'astrologue d'un ton craintif, maître, tu t'abuses : je n'ai pas une goutte de sang sur mon corps : je suis pur de cette souillure, et deux fois déjà, ce matin, je me suis plongé dans le fleuve aux eaux claires...

— Ah ! reprit Phta, d'une voix où éclatait le désespoir, mais sans rien déranger à sa pose hiératique, pour la seconde fois aujourd'hui, j'ai la vision du sang !... suis-je donc condamné?

D'un geste mesuré, il congédia ses esclaves ; puis, s'appuyant sur l'épaule de Noum, et suivi de Ka-em Sekhem, il se dirigea vers la porte d'un pas lent et majestueux.

Le grand lion d'Arsinoé, le beau Sati, se levant d'un bond, marcha derrière le maître, secouant sa crinière touffue.

Le noble Egyptien monta sur la galerie qui longeait la façade latérale du palais.

Des colonnes trapues, renflées au milieu, peintes de vermillon et de cobalt, soutenaient la corniche où courait une théorie de monstres mythiques.

Les parois, entaillés en creux, portaient les divers attributs de la puissance royale, et çà et là des stèles de bronze s'y enchassaient, séparées par d'énormes statues de basalte ayant des yeux de marbre blanc, qui leur donnaient une apparence fantastique.

Phta s'assit, raide, sur un fauteuil garni de tapis persans.

Noum se coucha à ses pieds, le dos appuyé sur la croupe de Sati, et jouant avec les torsades dorées de la crinière du lion.

De ce lieu, Phta voyait, à une grande profon-
deur au-dessous de lui, la place publique remplie de gens affairés.

Il entendait le son des clochettes qu'on agitait,
et pouvait contempler une troupe de vélites romains s'exerçant au maniement du javelot.

— Parle! prononça Ka-em-Sekhem, après un
moment de silence.

Phta se recueillit, puis il dit :

— Cette nuit, à cette même place, as-tu souvenir de ce qui s'est passé, ô Sekhem! Nous
consultions les astres, affamés que nous sommes
de science, pauvres chétifs... Les étoiles parsemaient le firmament, en aussi grand nombre que
les grains de sable sur le bord de la mer... Tout
à coup, vers l'Orient, une étoile plus ardente,
plus lumineuse, apparut dans le ciel noir... On
eût dit un second soleil. Ses rayons diamantés
fulguraient... Il y eût un grand frémissement
dans la nature... Le silence nous parut plus

auguste, plus profond... On eut dit que la terre tremblait. Saisis d'une émotion inexprimable, d'une terreur religieuse, nous nous prosternâmes... Et j'entendis une voix suave qui vibrait dans les airs et chantait : *Gloire au plus haut des cieux!*... Il est né : Celui que le monde attend : l'AUTRE. Nos dieux sont morts...

— Maître, tout s'est passé ainsi, répondit Sekhem, devenu pâle.

— Eh bien ! Sekhem... Cette nuit, un rêve a visité ma couche. J'ai vu un coin de campagne, désert et sombre ; puis une grotte, où l'on abrite d'ordinaire les animaux ; là, dans une crèche, sur un peu de paille, un petit enfant, d'une beauté surhumaine... Auprès de lui, et l'adorant, une femme vêtue, comme les femmes du peuple, d'un manteau bleu et d'un voile blanc, et un vieillard. Et encore un âne et un bœuf, qui réchauffaient de leur souffle le nouveau-né, souriant.

8*

— C'est extraordinaire ! s'écria Noum.

— Silence ! fit Sekhem, qui écoutait avidement.

— J'ai vu ensuite, poursuivit le seigneur Phta, dans la campagne, une bergerie où dormaient plusieurs bergers près de leurs troupeaux. Et dans l'espace, voltigeaient des êtres immatériels, et cependant visibles : ils avaient un corps diaphane, un visage resplendissant, et de longues ailes de feu, gracieusement courbées, les soutenaient... Et j'entendis des voix, les mêmes voix qui avaient, ici, retenti à nos oreilles, chanter : *Gloire au plus haut des cieux !*

— C'est étrange ! dit Sekhem !

— Cet enfant, est-ce l'Autre ?... Est-il Celui que Moïse annonçait à nos pères ? Est-il le Dieu fils d'une vierge, qui sera le vainqueur de tous les dieux ? Sekhem, je voudrais savoir où il est né. Je lui porterais tous mes trésors, et je l'adorerais...

Une voix moqueuse s'éleva d'en bas, une voix glapissante qui vociférait :

— Phta-Nehi, tu outrages les dieux... Tu ne crois plus en Thot, la sagesse et la raison divine ; en Osiris, le souverainement bon, le souverainement juste ; en Anubis, gardien des tombeaux, en Pascht, qui châtie les coupables ; en Ra, créateur des êtres... Phta-Nehi, voici ton dernier jour, et puisque tu n'adores plus les dieux, tu mourras dans la tristesse et dans les larmes !

Sekhem se pencha vivement par-dessus la balustrade, mais il n'aperçut qu'une vieille femme sale et déguenillée, accroupie sur les marches du palais.

Une esclave apparut, à cet instant même, sur le seuil de la porte qui faisait communiquer le palais avec la terrasse.

Une tunique jaune, semée de paillettes d'argent, rehaussait son teint basané. Un diadème

de verroteries retenait les torsades de ses cheveux
d'un noir d'ébène.

Elle s'avança, et, courbée en deux, elle toucha
le sol de la paume de ses mains, humble salut
imposé à la condition servile.

Phta, dont les mystérieuses menaces proférées
par une voix inconnue, n'avaient pu altérer
l'impassible sérénité, s'adressa en ces termes à
la jeune fille :

— Que la déesse Hâthor te couvre de toutes
ses grâces ! Dis moi, Beba, mon épouse Mauteïta
a-t-elle reposé cette nuit ?... Je ne puis la voir
ce matin. J'attends la visite, qu'on m'a annoncée,
d'un noble chevalier romain, le seigneur Cneius
Ganutius... Va, préviens ta maîtresse, et garde
ceci comme un témoignage de ma bonté !

Il détacha un bracelet de son poignet, et le
jeta à l'enfant qui, s'étant baissée, toute confuse, pour le ramasser, répondit :

— L'illustre Mauteïta sollicite de Votre Magnificence l'honneur de comparaître devant elle...

— Je ne puis !... s'écria Phta en faisant un geste d'impatience. Je veux que mon repas soit servi ici même à l'instant... Et que nul, hormis les esclaves, ne soit assez hardi pour y paraî-tre...

La fillette, que l'accent hautain du maître fit pâlir, murmura :

— Pas même l'ami de Votre Magnificence, Raour, qui déjà deux fois a franchi le seuil de la cour ?

— Deux fois !... Raour ! répéta le noble Egyptien avec colère. Ne sait-on pas qu'il a le droit de pénétrer auprès de ma personne à toute heure du jour et de la nuit ?... Qu'il vienne, à l'instant, et qu'on prépare pour lui des colliers de fleurs de lotus, les plus belles qu'on pourra trouver, parmi les roses et les bleues, et les plus odoran-tes. Et que tout aussitôt les tables soient dressées !...

Sur un signe de Noum, l'esclave se retira d'un pas timide, et ses pieds nus glissaient sur les mosaïques luisantes comme des lames d'acier.

Lorsque Raour, l'ami de Phta-Nehi, pénétra sous l'ombre lumineuse de la galerie, le lion se redressa à demi, en exhalant un gémissement rauque et sourd.

Cet homme, jeune encore, et bien qu'appartenant à une famille puissante dont les ancêtres avaient porté la tiare, dans une ville antique, au-delà d'Hiéropolis, gardait le costume des envahisseurs.

Au lieu du casque d'or, il n'avait sur la tête qu'un léger bandeau de pierreries : une laticlave bordée de pourpre se drapait sur sa toge de couleur d'hyacinthe.

Il vint droit à Phta, et sans accorder la moindre attention à Noum non plus qu'à Sati, il lui fit de grandes démonstrations d'amitié, lui serrant les mains et l'embrassant à plusieurs reprises.

Phta, oubliant le cérémonial pompeux que prescrivaient les rites, l'accueillit avec cordialité, et répondit à ses expansions par un doux sourire de tendresse.

Puis, se reculant tout à coup avec épouvante.

— Cette fois, je ne me trompe pas, Sekhem, dit-il à l'astrologue qui gardait en face de Raour un maintien altier. Mon ami, tu le vois, a du sang sur sa robe!... Oh! ces gouttes de sang qui ruissellent sur les franges... Ce sang qui frémit sur tes mains... Raour! qui donc as-tu assassiné?...

— Pas même un oiseau! repartit Raour d'un ton d'insouciance affecté, et je ne sais vraiment comment il se fait que tu voies du sang sur mes vêtements, Phta, car mon char m'a conduit ici, et j'ai beau regarder, il n'y a sur l'étoffe aucune tache rouge!...

— C'est vrai! ajouta Sekhem tristement :
l'Autre t'avertit. Phta-Nehi : Prends garde !

— C'est vrai! balbutia Noum... Trois fois le
maître a vu du sang, où nos yeux à nous, n'en
voyaient pas...

Ils tressaillirent tous, et tous devinrent pâles,
parce qu'une voix, celle-là même qui retentis-
sait tout à l'heure, criait d'en bas :

— Phta-Nehi ! prends garde !

Les accents de cette voix étaient si étrangement lugubres, que le lion bondit et poussa un
formidable rugissement.

Et le silence se fit, morne.

L'entretien fut interrompu par la venue des
serviteurs, obéissant aux ordres de Beba.

Ils disposèrent sur une table en bois d'olivier,
couverte d'une nappe de lin brodée d'or, des
corbeilles de filigranes où s'entassaient, mêlées
aux fleurs de *baschnim* des fruits de toutes
sortes : grenades entr'ouvertes, où brillait le

rubis transparent des grains, figues violettes, raisins couleur d'ambre.

Ils mirent auprès de ces corbeilles, sur de grands plats de bronze des quartiers d'antilope, des oies rôties, et beaucoup d'autres mets dont l'énumération serait longue et fastidieuse.

Un *naos* en porcelaine d'un vert tendre, contenait une murène préparée au garum ; sur des serviettes en verre filé s'empilaient des gâteaux pétris de sésame et de miel ; la chair rose des pastèques tranchait sur le poli des jattes d'argent.

Des buires et des aiguières étaient pleines de vin de Phénicie et de vin de Grèce.

Enfin des amphores cerclées de chaînettes de métal, renfermaient des liqueurs fermentées, que les esclaves versaient de haut dans les coupes d'airain ciselé des convives.

Raour avait pris place à côté de Phta, qui mangeait et buvait peu, sans doute préoccupé des visions de la nuit et des étranges illusions qu'il subissait.

Une fois encore il repoussa, en soupirant de frayeur, la coupe d'or que lui tendait un nègre crépu : au lieu de vin rosé, elle lui paraissait déborder de la pourpre écumante du sang, et quand il regarda Raour, il surprit une convulsion de ses traits, défaits et flétris.

Sekhem les observait tous les deux. Noum avait grand'peine à apaiser l'irritation de Sati, qui grinçait des dents et aspirait l'air violemment, comme s'il eut flairé une proie.

— Je te révèlerai ce soir un secret, Raour, dit Phta, calme dans son immobile placidité. Je veux que tu sois le premier à partager mon espérance, toi le plus tendre et le plus cher de mes amis.

— Toi qui m'a pris dans la poussière pour m'élever jusqu'à toi, répondit Raour avec un accent chaleureux.

J'étais pauvre et nu, tu m'as donné un asile, tu m'as enrichi. Grâce à toi, j'ai des navires, qui visitent Corinthe, Ostie, les colonies phéniciennes, J'ai des fermes et des jardins, et mon trésor se grossit chaque année de tes abondantes aumônes... Je te dois tout ce que je suis, car les folies de ma jeunesse m'avaient ruiné, et j'avais mis en gage jusqu'à la momie de mon père. J'allais être à jamais déshonoré, si tu n'étais venu à mon secours ; tes services, je ne puis les compter, non plus que tes bienfaits. Tu as fait tant de sacrifices pour Raour, fils de Pétosiris, que ni Raour, ni Pétosiris, ni leurs soixante générations d'ancêtres ne pourraient les reconnaître dignement !...

— Ce n'est rien ! dit Phta. Quel mérite est-ce pour un ami que de rendre heureux son ami, en lui donnant la moitié des biens qu'il possède? Ces dons, Raour, tu me les as payés au centuple par ton affection, par ta fidélité et ton dévouement... Ne me flatte pas : l'homme a le devoir d'assister son semblable !

Le visage cauteleux de Raour exprima la joie du triomphe, et Noum et Sekhem pensèrent tous les deux :

— Ce parasite trompe le maître !

— Eh bien ! Phta-Nehi, ce que tu as fait pour moi n'est pas suffisant encore et je deviens insatiable, reprit le flatteur en faisant un effort sur lui-même. J'ai encore une grâce à te demander, un sacrifice... Et je n'ose.

— Parle, dit Phta, avec bonté.

Il prit dans une corbeille une grappe de raisin noir, qu'il égrena lentement.

Raour hésitait.

— Parle ! prononça Phta pour la seconde fois.

Et comme pour encourager son ami, il lui tendit sa coupe cuirassée de topazes, où fumait du vin de Chio saturé d'aromates.

— Hier, comme j'entrais dans ton palais, un de ceux qui sont à toi m'a témoigné une haine féroce.

— Un esclave ?... Qu'on le mette en croix sur l'heure !

— Ce n'est pas un esclave.

— Mon épouse Mautéita ?

— Ce n'est pas ton épouse : et d'ailleurs, m'eût-elle offensé, je pardonnerais. C'est ton lion Sati, qui se jetait sur moi pour me dévorer, et qui m'eût déchiré de ses griffes, si le prêtre Psousennès n'eut conjuré sa fureur par un charme tout-puissant.

Phta fronça le sourcil, mais il ne proféra pas une parole.

— Je te demande, poursuivit Raour, avec une hésitation de plus en plus marquée, de faire tuer ton lion Sati...

Comme s'il eût entendu et compris cette lâche sentence, le noble animal, se redressa, fixa un regard aigu sur l'ami du maître, et poussa un long hurlement.

— Sati!... murmura le riche égyptien. Tuer mon lion!... mon royal Sati... Lui, aujourd'hui ! continua-t-il avec une soudaine véhémence, et demain Noum et le jour suivant Sekhem!... Alors je serai seul, et je n'aurai plus que toi, Raour!... Non. Ecoute : je t'aime comme le plus cher de mes amis ; mais après Mautéita, après toi, ce que j'aime le plus au monde, c'est mon lion, qui m'a sauvé la vie deux fois. Il m'obéit, il me craint, il me suit partout. Il est doux, et bon, cruel seulement à mes ennemis... Non, demande ce que tu voudras, je te le donnerai ; ton casque empli jusqu'aux bords de pierres précieuses... Mes chevaux de Numidie, cent de mes bœufs les plus beaux, un de mes domaines... Je suis assez riche pour ajouter un présent d'empereur à tous les présents que tu as reçus de moi... Mais je ne sacrifierai pas mon beau Sati à tes rancunes...

— Et s'il fallait choisir entre lui et moi? interrogea Raour d'un ton déterminé.

— Je garderais Sati, répondit Phta d'une voix étouffée.

L'autre baissa la tête, un éclair de colère brillla dans ses yeux fauves. Sekhem et Noum riaient.

III

CNÉIUS GANUTIUS

Des fanfares éclatantes retentirent sur la place que dominait le palais.

Un cortége imposant défila sous les yeux du fils des pharaons.

Les musiciens marchaient en avant, et tiraient des sons rauques de leurs longues trompettes en cuivre, d'où pendaient des gonfanons à franges de pourpre. Derrière eux venaient des licteurs, le faisceau des verges, avec la hache au milieu, sur l'épaule.

Un homme jeune encore, de belle prestance, les suivait, entouré d'une escorte nombreuse de cavaliers bien équipés.

Il portait un riche costume militaire : sur sa tunique bleue resplendissait une cuirasse d'argent poli, et des bandelettes de pourpre tombaient de sa ceinture, se déroulant en volutes sur l'étoffe soyeuse. Un manteau rouge, entièrement brodé d'or s'agraffait à son épaule par un fermail de pierreries. Le casque romain couvrait ses cheveux noirs.

Une foule bigarrée l'accompagnait, marquant le pas au gré de la fanfare. Il y avait là des prêtres, vêtus de peau de panthère, des soldats égyptiens, coiffés du *pschent*, à demi-nus, avec leur pagne étroitement serré ; des femmes du peuple, aux draperies bariolées, beaucoup d'enfants à la peau bronzée, qui, de leurs mignonnes mains, effeuillaient des fleurs sur le passage de l'étranger.

9*

— Voici Cnéius Ganutius, dit Phta, qui parut sortir d'un songe, car il avait gardé le silence depuis sa brusque réponse à Raour.

Celui-ci, blême, sombre, les dents serrées se taisait aussi.

— Allons au-devant du chevalier de Rome, ajouta l'Egyptien.

Il se leva, toujours raide sous l'armature de colliers et de bracelets qui l'écrasait, et s'appuyant sur son bâton à spirale d'or, il se dirigea vers le fond de la galerie, qui s'ouvrait sur les cours intérieures.

Là se déployait un large escalier, qui semblait avoir été taillé dans une montagne à pic par des géants et pour des géants.

D'énormes dalles de granit se superposaient, unies par un ciment indestructible, et formaient plusieurs rampes, majestueusement étagées.

Sur chaque marche était accroupi un sphynx colossal, à tête de femme, en basalte noir, avec

des yeux d'émail, et sur le front, des incrus-
tations de cristal et de cornaline.

Ces monstres alternaient avec des vases
pansus où des pyramides de fleurs, fraîchement
coupées s'entassaient, et de cette odorante
moisson s'élançait la tige svelte des candélabres
dorés, chargés de figurines et d'attributs.

Séparées par un pylône anx assises gigantesques, et sur les faces desquels étaient entaillées
les images des dieux Anhour, de la déesse
Selk, couronnée du scorpion, des poissons
oxyrynchus, dédiées à Hâthor, des ichneumons
sacrés, — ces cours présentaient l'aspect d'un
cloître immense, avec leurs doubles galeries,
leurs colonnades polychrômes, décorées de
guirlandes de lotus.

Aux angles de ces cours, des gerbes d'eau
vives jaillissaient, couvrant d'une rosée fine les
statues de bronze vert, emplissant d'une onde
limpide les vasques de porphyre.

Sur le dallage en mosaïque s'étalaient des tapis aux nuances tapageuses, et de somptueuses draperies pendaient devant les portes, cachant aux yeux profanes les appartements du gynécée.

Une multitude d'esclaves attendait les ordres du maître.

Les uns échelonnés sur les marches, comme autant de statues immobiles, étaient des nègres lippus et crépus, aux formes athlétiques; leurs ceintures d'étoffe blanche cachaient la chaîne de fer qui serrait leurs reins, comme leurs pectoraux de coquillages et de plumes, le carcan rivé autour de leur cou.

Les autres, venus du pays de Kousch, balançaient de larges feuilles de dattiers, des éventails peints, des bouquets de lotus et de carthame.

A l'aspect du maître, tous se prosternèrent dans la terreur du respect que leur inspirait ce demi-dieu.

Lui descendait avec lenteur, obstinément
suivi de Sati, qui fouettait l'air de sa queue
puissante.

Noum soulevait les pans du manteau de Phta,
qu'un rayon de soleil enveloppait d'une auréole
de lumière, et derrière eux s'avançaient Raour
hautain et dédaigneux, et Sekhem, indifférent à
ces pompes.

Ce fut un de ces tableaux comme les grands
artistes en rêvent, avec l'âpre désespoir de leur
impuissance à les reproduire.

Cette architecture grandiose, d'une robustesse
défiant les siècles, et d'une splendeur inouïe
avec ses ornements aux couleurs délicates, ses
chimères, ses dieux fantastiques, faisait un cadre merveilleux à cette foule ondoyante, cha-
marrée de broderies, d'étoffes multicolores, de
panaches et de fleurs ; foule sans cesse en mouvement tout à l'heure, maintenant écrasée
devant l'imposante majesté de cet homme, dont

le regard faisait courber tous les fronts dans la
poussière.

Là-bas, à l'entrée des jardins, sous les immenses tamarins, les sycomores, les chênes
verts aux feuillages luisants et touffus, sous
l'ombre de ces arbres, étincelaient le cuivre
des trompettes, l'acier des glaives, les damas-
quinures des cuirasses.

Les jeunes filles chantaient une invocation à
la divinité du feu, le sublime Phtah, et leurs
voix mélodieuses s'unissaient en un cœur ample et sonore, tandis que les accords étranges
des instruments à cordes vibraient en un con-
cert d'une sévère harmonie.

Cneïus Ganutius et son hôte se rencontrèrent
au pied du pylône.

Le Romain s'inclina profondément, mais
sous son respect se peignit l'ironie, et le ci-
toyen de la Rome civilisée se moquait sans
doute, au fond de son cœur, de ce faste bar-

bare. Son regard erra, sans étonnement, sur les groupes d'esclaves, et s'arrêta, investigateur, sur l'Egyptien resplendissant d'or et de pierreries.

— Salut à toi, fils des pharaons, dit-il en langue latine ; que les dieux protègent tes jours, et que du haut de l'olympe, Jupiter te soit favorable !

— Cneïus Ganutius, je te salue, répondit Phta-Nahi, sois le bienvenu dans la maison de mon père, qui est la mienne, et que jamais la grâce de César Auguste ne se retire de toi !

Après un échange prolongé de cérémonies et de politesses, Phta conduisit le chevalier dans la salle précédemment décrite, et tous deux s'assirent, devisant de la prospérité et des gloires de Rome, alors dans tout l'éclat de sa puissance.

Les esclaves apportèrent dans des vases murrhins des boissons congelées, semblables à

de la neige, et sur des plateaux de porcelaine
et de verre bleu, des pétales de roses et de
fleurs d'oranger confites, des gâteaux, des ra-
cines de gingembre dans un sirop de vin, et
maintes friandises de ce genre. —

Cneïus fit honneur à cette collation impro-
visée. Il parlait du forum et des basiliques, des
sept montagnes de la ville, de ses temples in-
nombrables, de ses dieux invaincus.

Il pressait Phta de le suivre dans son voyage,
car la galère impériale qui l'avait amené devait
repartir bientôt, et voguer vers Brindes.

Il lui promettait les faveurs de l'empereur,
qui aimait à s'entourer des grands de la terre,
et qui serait heureux d'avoir auprès de lui
l'héritier unique du monarque de Memphis.

Déjà des satrapes asiatiques, des princes
d'Afrique, des chefs barbares, se pressaient
autour du trône d'Auguste.

Phta écouta Cneïus patiemment, sans l'inter-

rompre ; mais lorsqu'il eut achevé son discours,
fleuri des termes savamment équivoques de la
diplomatie ; il lui répondit, sans autrement
s'émouvoir :

— Je veux, en effet, quitter la terre d'E-
gypte, mais non point pour agenouiller ma
fierté devant César. Un sang généreux coule
dans mes veines : vainqueur ou vaincu, je reste
le fils de Nectanebo. Je ne veux pas servir de
jouet à vos désœuvrés. Je partirai demain.

— Pour quel pays ?

— Je ne sais pas encore. Sekhem, ce soir,
me le dira. Je crains les dieux de mon enfance,
et le seul que j'adorerai désormais est celui
dont j'ignore encore le nom. Celui qui est né
dans une étable et que César lui-même adorera,
parce qu'il aura renversé toutes nos idoles...

— Phta ! s'écria Sekhem en montrant Raour,
prends garde !

— Qu'importe ! on dira que je suis un sacri-

lége ... Mes yeux ont vu l'Innocent endormi
sur la paille, et la Vierge Mère agenouillée près
de lui. Que sont nos dieux, sinon de vains si-
mulacres de marbre et de bronze !...

— Faites-vous allusion à l'être mystérieux
dont on commence à s'entretenir dans Rome ?
demanda Ganutius. Lorsque le temple de la
Paix fut bâti, on interrogea l'oracle d'Apollon
pour savoir combien de temps l'édifice durerait,
il répondit: « Jusqu'à ce qu'une Vierge mette
au monde un fils ! »...

— Alors, dit Phta, le temple n'existe plus à
cette heure, car l'enfant est né !...

— Le livre d'or qui contient les oracles et
prophéties des Sibylles annonce qu'on verra
*paraître le sauveur quand l'huile jaillira de la
fontaine !*

— Ganutius, reprit Phta, qui se sentait peu
à peu envahi par une terreur religieuse, un
Dieu nouveau se manifeste à la terre, le Dieu

unique dont certains de nos prêtres gardaient naguère le culte. Je veux le connaître et l'adorer...

— Mon ami, déserteras-tu nos temples ? s'écria Raour d'une voix étonnée. Quel dieu est comparable à Osiris ?... Abjurer la religion des ancêtres, c'est, pour le descendant des pharaons, trahir sa patrie et renier ses aïeux.

Sekhem, frémissant, ajouta :

— Le noble Raour exprime avec éloquence la pensée de tes amis et de tes serviteurs, ô Phta !

Noum s'inclina jusqu'à ce que ses mains touchassent le sol, et dit :

— Noum suivra le maître où ira le maître. adorera le Dieu qu'il adorera, et renversera les dieux qu'il renversera !

Cneius Ganutius, ému de cette scène étrange où s'associaient des sentiments si disparates, adressa cette question à son hôte illustre :

— Quels sont vos projets, noble Phta ?...

— Dès demain je partirai avec une caravane pour Alexandrie, où mes navires sont à l'ancre dans le port, et quand je saurai où l'enfant-Dieu est né, — celui dont le nom est encore un secret pour tous les hommes, et qui plus tard, sera le nom le plus vénéré de tous les hommes, — alors j'irai vers lui, et je lui offrirai tous mes trésors, mes palais, mes domaines, afin qu'il ait une demeure digne de sa grandeur !

— Mais l'empereur vous accordera-t-il son agrément ? insista Ganutius.

— Et si tu nous abandonnes, toi, le chef de notre race, ajouta Raour, si tu dissipes ta fortune en faveur d'un inconnu...

Phta, qui depuis longtemps avait grand'peine à contenir sa colère, frappa violemment les dalles du bout ferré d'or de son bâton, en criant :

— *Je suis le maître !...* Et quand je parle, nul ne doit élever la voix... Ne t'ai-je pas assez

donné, Raour? Tu as reçu de moi plus de cent
mille sekels d'or... Va dénoncer aux pastopho-
res de Thot mon apostasie, si tu veux... Et toi,
Sekhem, fais tresser ta chevelure en écailles de
caïman, reprends la robe de lin des hiérophantes,
si ton esprit n'est pas ouvert à la lumière que
l'Étoile merveilleuse fit, la nuit dernière, jaillir
dans le ciel...

Il s'interrompit, et, s'adressant à Ganutius :

— Pardonnez-moi, seigneur, continua-t-il, de
prononcer de telles paroles en votre présence.
Mais cette journée doit être funeste pour moi.
Je l'ai commencée sous l'influence de présages
tristes, et sous l'impression d'une vision surnaturelle qui semble avoir transformé en moi le
vieil homme... Changeons le sujet de cet entretien. Que fait-on aujourd'hui à Memphis,
Noum?

— Il y a, un peu avant le coucher du soleil,
combat de gladiateurs à l'amphithéâtre, et la nuit

venue, grande fête chez la noble Aha-Hotep...
On y verra des jongleurs, des mimes, des dan-
seuses de la Haute-Egypte...

— On s'amuse encore dans cette ville à demi
ruinée? murmura Phta dont un sourire amer ef-
fleura les lèvres... Les Grecs ont commencé
l'œuvre de destruction, la dynastie des Ptolémée
l'a continuée, les Romains l'achèvent, l'Égypte
n'est plus... Et vainqueurs et vaincus fraterni-
sent dans des fêtes sanguinaires... Seigneur
Cneius Ganutius, irez-vous au cirque ?...

— Non, seigneur Phta. Ces combats me répu-
gnent : autant j'aime à voir briller l'acier sur le
champ de bataille, autant je déteste les carnages
inutiles de l'arène.

— Eh bien ! nous irons, si vous le voulez, respirer l'air pur des rives du fleuve... Noum, qu'on
prépare ma cange... Raour, viendras-tu ?...

— J'irai, Phta.

Sekhem frappa dans ses mains, et, tandis que

Noum s'éloignait, des esclaves débarrassèrent l'égyptien de l'attirail trop lourd de sa parure.

Pour faire honneur à son hôte, il voulut revêtir le costume romain. On enleva sa cuirasse de pierreries, ses colliers, son pectoral. On lui mit une robe de fine laine, teinte en violet, garnie de franges d'or, et un manteau de byssus, d'un jaune clair, pointillé de perles. Il déposa la mitre aux fanons de pourpre, et ses cheveux noirs furent ceints de bandelettes d'argent.

Ainsi vêtu, s'appuyant sur le bras de Raour devenu méditatif et sombre, et cédant le pas à Ganutius que cette réception étrange et ces mœurs singulières charmaient, Phta-Nehi, confiant le lion Sati à la garde de Noum, sortit du palais et entra dans les jardins.

Les voyageurs qui venaient à Memphis visitaient ces beaux jardins, plantés naguère pour Cléopâtre et que l'amie d'Antoine comparait avec orgueil à ceux de l'altière Sémiramis.

Toutes les fleurs qui pouvaient croître sous le climat brûlant de l'Égypte, y étaient rassemblées, et les parterres formaient, par un art ingénieux, des figures de toutes sortes, arabesques, symboles, dessins réguliers, que des bordures d'arbustes nains encadraient d'une bande verte.

Des canaux de terre cuite, d'un rouge vif, circulaient autour des plates-bandes, longeaient les allées, portant l'eau fraîche et limpide sur tous les points du sol.

Çà et là se dressaient des massifs d'arbres fleuris ; ce n'étaient que spirales de clochettes bleues, grappes violettes, corymbes délicatement découpés, thyrses lilas, ombelles, roses, jaunes, de couleur orange, diaprant le feuillage sombre.

Ailleurs encore, c'était la gamme du vert, dans toute la variété de ses tons, depuis le noir moiré jusqu'au glauque, et la variété des formes.

Ainsi on voyait s'étager, sur les gradins de

faïence mordorée, les feuilles palmées, les
feuilles lancéolées, les spatulées, les pinnatifides,
les feuilles hastées en fer de pique, les ciliées,
les lunules, les unes doublées de velours brun,
les autres marquetées-d'argent, ou veinées de
vermillon, ou hérissées d'épines; et s'enlaçant en
gerbes odorantes, où des papillons et des scara-
bées se posaient, pierreries animées, avec leurs
ailes de gaze peinte, et leurs élytres à l'éclat
métallique.

Une rangée d'arbres séculaires bornait le jardin; en deçà d'une terrasse de marbre blanc,
chargée de statues, et dont les assises baignaient
dans le fleuve.

Un large escalier conduisait au bord de l'eau.

Quatre lions couchés, à faces de femme, cô-
toyaient les marches de cet escalier, au bas du-
quel se balançait sur la vague une grande em-
barcation.

IV

L'ÉCLAIR DE LA FOI

C'était une cange, aux extrémités relevées, entièrement peinte en cinabre rehaussé d'allégo-
ries en or estampé.

Huit esclaves, à la peau basanée, cuite par le
soleil, vêtus de pagnes blancs, coiffés du bonnet
blanc à barbes cannelées, tenaient les rames longues et minces, élargies en palettes, et terminées
par une tête de chien sculptée dans le bronze.

Des tapis de la Bactriane garnissaient les bancs,

mais on les recouvrit encore d'une étoffe de soie rayée, et Phta-Nehi, Ganutius, Raour, Sekhem y prirent place.

Au loin retentissaient les rugissements rauques de Sati, attaché par une chaîne au grand pylône de la cour intérieure, et ces hurlements semblaient attrister encore Phta, qui se taisait.

Les rameurs levèrent leurs rames, d'un mouvement uniforme, puis au signal de l'esclave qui tenait le gouvernail, ils les laissèrent retomber, et la cange, poussée par leur vigoureux effort, se trouva bientôt au milieu du Nil, dont elle remonta le courant.

Le fleuve coulait à pleins bords, entre ses deux rives plates d'une couleur d'ocre brûlé, et plantées d'acacias aux branches saupoudrées d'une fine poussière grise.

L'eau transparente reflétait l'azur intense du ciel : un bleu cru, chaud, ayant le même ton à l'horizon comme au zénith, et semblable à un

immense velum de soie étendu sur toute la nature ; mais elle se rayait çà et là, de bandes d'un
vert d'émeraude, se pailletait d'argent, miroitait
ailleurs comme une nappe d'étain en fu-
sion ; [...]
Sur les bords croissaient des touffes de joncs,
où s'ébattaient des crocodiles, dont la peau
squameuse luisait, humide et souillée de vase.
Dans les champs de dourah, des bandes d'ibis
picoraient, et sur la route, dominant les blocs
de marbre rose, les tertres de maigre gazon, pas-
saient en files interminables des chameaux chargés de fardeaux, dont le profil bizarre se dessinait en ombres gigantesques jusque sur la berge.
Un soleil torride illuminait toutes ces choses
d'une lumière éblouissante, qui aveuglait [...]

L'air était embrasé ; pas une vapeur au ciel ;
les palmiers et les agaves se tordaient sous l'action d'une chaleur suffocante ; les rochers semblaient calcinés, avec leurs fentes craquelées,

leurs flancs roux, et l'herbe desséchée prenait une couleur de cendre.

A mesure que la barque avançait, des paysages nouveaux apparaissaient, et les aspects de la campagne variaient.

Des monuments énormes s'offraient aux regards, effaçant par l'impression soudaine de leur masse grandiose et de leur beauté artistique, le charme plus naïf et plus doux que fait naître la splendeur de la nature.

C'étaient des pyramides, évoquant la pensée de la mort, orgueilleux entassements de granit sur un peu de cendre humaine ; des obélisques chargés d'hiéroglyphes, des colonnes au fût grêle élancé dans l'espace, des palais si élevés, si larges, si vastes, qu'on eût dit une montagne taillée par des géants : des colosses monolithes, dans la raideur d'une pose hiératique, le buste droit, les mains posées sur les genoux, et contemplant éternellement l'espace, de leurs grands yeux vides, où se lit une pensée mystérieuse.

Et devant ces œuvres gigantesques, aujourd'hui ensevelies sous le sable du désert, le Nil majestueux, coulant sans bruit, à l'onde irisée de mille chatoiements, et reflétant l'implacable azur d'un ciel toujours sans nuage !

Ganutius admirait ce spectacle, ébloui de cette chaude lumière orientale qui donne un si puissant relief à toute chose, et sa mémoire se reportait aux eaux limoneuses du Tibre, aux plantureuses moissons de la campagne romaine, aux basiliques de la ville, moins colossales, mais d'une si belle ordonnance et d'un art si élégant, et il comparaît dans son esprit les deux civilisations, dont l'une primait déjà l'autre, en attendant qu'elle achevât de l'anéantir ; celle de l'antique Égypte trente fois séculaire, mourant de sa grandeur même, et celle de Rome, plus raffinée, et que déjà menaçait la décadence de l'époque impériale.

Depuis qu'ils étaient installés dans la cange, Raour n'avait pas prononcé une parole ; taciturne, comme affaissé sous le poids d'une terreur secrète et d'un dessein terrible, les agitations de son âme se peignaient sur son visage livide et convulsé.

Sekhem épiait tous ses mouvements avec une inquiétude non dissimulée, et ne prêtait qu'une attention distraite à l'entretien de Ganutius avec Phta, qui retraçait au chevalier, en un langage pompeux et ardent, les annales héroïques de sa patrie.

Puis invinciblement ramené vers sa pensée dominante, l'Égyptien parlait encore de sa vision, de cet enfant né dans une étable, du météore qui avait incendié le ciel d'une lueur surnaturelle, de l'avenir que cet événement ouvrait, et l'intuition étrange qu'il ressentait d'un bouleversement profond advenu tout à coup dans le monde, et sans que le monde, inattentif aux

avertissements du ciel, parut ébranlé par la venue du Fils de la Vierge.

Alors Raour, que domptait la superstition
païenne, qu'un fanatisme inconscient dévorait,
et que la haine, une haine subite envahissait,
dardait un regard de feu sur l'homme qu'il
nommait son ami, et lui reprochait par ce regard âcre, féroce, distillant une jalousie inextin-
guible, cette apostasie du cœur qui, par une
grâce d'en haut, lui faisait renier ses idoles, l'a-
doration de la matière, pour s'élever vers un
Dieu inconnu, le Dieu vrai.

Sur une parole plus amère que Phta laissa
tomber de ses lèvres, Raour, emporté par la colère qui fermentait en lui depuis le matin, Raour
mit la main sous sa toge, tira son poignard du
fourreau, et, d'un mouvement si prompt que
nul ne put l'arrêter, le plongea jusqu'à la garde
entre les deux épaules de Phta à la naissance du
cou.

Phta se renversa en arrière en poussant un cri d'agonie. Le sang jaillit à gros bouillons, inondant son manteau et sa robe.

Ganutius le reçut entre ses bras, tandis que Sekhem bondissait, pâle de fureur, sur le meurtrier, qui ne fit d'ailleurs aucune résistance, et se laissa garrotter après avoir jeté, d'un geste dédaigneux, son arme traîtresse dans le fleuve.

— Misérable ! cria Sekhem.

Ragur murmura d'une voix sombre :

— Il me préférait son lion Sati !... C'était notre destinée ; il devait mourir par moi.

Les rameurs avaient cessé de ramer, et leur douleur s'exalait en hurlements d'effroi.

Phta-Nehi jeta sur son assassin un regard qui eût attendri un tigre, et, d'une voix faible :

— Que t'avais-je fait ? prononça-t-il avec effort, je t'aimais... je t'enrichissais, ne mesurant point mes bienfaits à ta reconnaissance, mais à mon affection. Tu as commis un crime inutile et lâche... je te pardonne.

Il tourna la tête vers Sekhem :

— Laisse-le, lui dit-il : il ne savait peut-être pas ce qu'il faisait. Le sang qui, ce matin, m'apparaissait, ne présageait-il pas une fin prochaine ?... Sekhem, j'ai écrit mes dernières volontés. Le papyrus qui les contient est sous le bouclier grec, suspendu au-dessus de mon lit. Je te charge de les faire exécuter...

Il ajouta encore en s'adressant à Cneius Ganutius :

— Le dernier des fils des pharaons expire sur le sein d'un vainqueur de sa patrie !... Mon hôte, prends mon anneau et mon collier, et garde-les en souvenir de Phta-Nehi.

Puis il éleva ses yeux vers le ciel, et rassemblant ses forces, il reprit avec une ferveur profonde, qui décelait un suprême élan de tout son être vers l'espoir d'une vie future :

— O Toi, que je ne connais pas, et que les Anciens ont annoncé à la terre, Toi qui ouvris tes yeux aux rayons de notre soleil à l'heure où les miens se ferment pour jamais, je t'adore du fond de mon cœur, j'ai foi en Toi !... Sauve de Phta-Nehi l'essence immatérielle, ce qui survit à la mort, ce qui se sépare de la dépouille de la chair et des os, pour se confondre dans l'éternelle Divinité. Je m'abandonne à ta miséricorde !...

Et penchant un peu la tête sur l'épaule, un calme sourire aux lèvres, le visage embelli d'une sublime expression de confiance et de sérénité, il expira.

Ainsi fut sanctifiée, peut-être, par la mort d'un juste, qui recevait le baptême de désir, et qui pressentait, du fond de sa barbare idolâtrie, l'apparition du Messie, Homme-Dieu, — cette terre d'Égypte où Jésus enfant devait, peu de temps après, venir chercher un refuge, et d'où

sa présence chasserait à jamais les monstrueu-
ses idoles dont les temples colossaux ne sont
plus que poussière.

Lorsque la barque aborda l'escalier de marbre des jardins de Phta, Noum, conduit là par
un pressentiment de malheur, s'y trouvait, et la
douleur lui arracha des cris affreux, lorsqu'il vit
dans la cange le corps de son maître inanimé et
sanglant.

Il fallut, pour contenir sa fureur, l'autorité
de Sekhem; il voulait de sa main arracher la
vie au meurtrier.

Mais Ganutius ayant donné des ordres pour
que le cadavre fut transporté au palais, dit aux
derniers amis de la victime :

— Je vais moi-même prévenir les magistrats,
et pour que le châtiment suive de près l'offense,
comme il est certain que ce criminel a mérité
la mort, conduisez-le sur le champ à l'amphithéâtre. Vous y mènerez aussi ce lion qu'il vou-

lait tuer, et qui le dévorera. C'est la loi du ta-
lion.

— Juste sentence ! dit Sekhem, qui prit la
main du chevalier et la baisa. Tu ne pouvais
rien faire, étranger, qui fût plus agréable aux
mânes de Phta. Il sera vengé par le meilleur
ami qu'il eût ici-bas, de l'ami faux et cruel qui
nous l'a ravi.

Une foule immense couvrait les gradins du
cirque, élevé depuis peu d'années par les Romains, qui voulaient partout des spectacles, et
qui bâtissaient les amphithéâtres en même temps
que les temples, voulant complaire aux hommes
en même temps qu'aux Dieux.

Depuis quelques heures des couples nombreux
de gladiateurs avaient combattu sous les yeux
de ce peuple, avide de jouissances nouvelles ;
ils s'étaient égorgés les uns les autres, et le sang
rougissait le sol de l'arène. Mais déjà l'on
commençait à se lasser de ces duels mono-

11

tones, et la curiosité voulait d'autres plaisirs.

Cneius Ganutius n'eut pas de peine à obtenir des magistrats que la sentence par lui portée contre Raour fût confirmée.

Le récit du meurtre commis sur le Nil vola de bouche en bouche, et bientôt cinq ou six mille spectateurs s'entretinrent de ce crime, survenu inopinément, et dont la cause réelle resta toujours ignorée, car nul ne pût croire que Raour fût réellement jaloux du lion et qu'il avait frapppé Phta, parce que son orgueil se trouvait offensé qu'on lui refusât la cruelle satisfaction de faire périr cet animal. Et pourtant c'était la vérité.

Cet homme voulait régner en maître absolu dans l'esprit et le cœur de son ami, et tout sentiment qui ne se portait pas vers lui le blessait.

Il ne concevait point qu'on se pût soustraire un instant à son inexorable volonté : il enviait jusqu'à la caresse accordée à Sati, et le détestait pour son dévouement au maître.

Une grande clameur déchira les airs, lorsque les barrières du cirque s'ouvrirent pour laisser passer, d'un côté, Raour presque nu, frémissant de honte, mais portant haut la tête, résolu de mourir sans s'humilier, et de l'autre côté le lion, qui grinçait des dents et rugissait de rage.

La bête, ayant flairé l'ennemi, s'avança à pas comptés, déchirant le sol de ses griffes aiguës.

L'homme l'attendait, les bras croisés sur sa poitrine.

On admirait le courage de l'un, la souplesse de l'autre.

Il y eut encore un grand cri, un seul.

D'un bond, Sati fut sur Raour, qui eut la folle audace de lutter.

Mais il fut aussitôt renversé, et le carnassier,

l'écrasant de sa masse, le déchira de ses crocs acérés.

Puis il se releva, ne laissant là qu'une masse informe, de laquelle il s'éloigna dédaigneusement sans même y jeter un regard.

Et la foule, enthousiasmée, insulta aux débris de ce qui avait été un homme, et acclama le lion.

EWENN AR GWÉNÉDOUR

A Mademoiselle Noémi Dupuy

PEINTRE

Février 1880.

EWENN AR GWÉNÉDOUR

—

Setu aman eur gaoz ha na eus enhi gaou
Nemet eur gir pe daou.
Voici un conte dans lequel il n'y a de mensonge
Qu'un mot ou deux.

DICTON BRETON.

I

COMMENT EWENN DÉCLARA QU'IL VOULAIT TOUT SAVOIR

Au pays de Bretagne, sur les terres de M. l'é-
vêque de Quimper, dans un petit village nommé
Coatzmeur, au pied des montagnes Noires, il n'y
avait, en la veillée de Noël, l'an 1518, qu'une
seule maison qui fût éclairée, et toutes les autres étaient noires, sombres, silencieuses, par

11*

cette raison que les huit ou dix familles du hameau, réunies chez Fanch Koz, tenancier du
seigneur de Guergarello, lequel voyageait en
France, attendaient le moment de se rendre à
l'église de la paroisse, distante d'une demi-lieue,
pour ouïr la messe de minuit.

Au temps où le pays de Bretagne avait ses
ducs, c'était au manoir de Guergarello que se
réunissaient les vassaux du bon seigneur.

Mais depuis bien des années déjà, Mme la du-
chesse Anne avait, en épousant le roi de France
auquel elle apportait en dot l'héritage de No-
ménoé, prononcé le mot fameux :

« Qui qu'en grogne ! »

Et tous les gentilshommes de la vieille Armorique, bien qu'ils ne cessassent point de grogner, n'osaient grogner trop.

Quelques-uns, séduits par les récits merveilleux qu'on faisait des fêtes données à la cour du
jeune roi François, quittèrent leurs manoirs, et

ne revinrent plus, car il fallut vendre les terres
pour avoir d'aussi beaux habits que les Français
de France.

Or donc, ce soir-là, après l'*Angelus*, chez Fanch
Koz, — le vieux François, — s'assemblait nombreuse et joyeuse compagnie.

D'abord, au coin de l'âtre, où brûlait une
énorme souche de chêne, sur laquelle on avait
jeté quelques gouttes d'eau bénite, avant de l'al-
lumer, la maîtresse de céans, dame Marc'harit,
se prélassait dans un fauteuil fait de quatre planches bien rabotées ; auprès d'elle, sur un escabeau, la mignonne Barbaïc, sa fille unique, appuyait sa tête chargée de cheveux blonds sur les
genoux de sa mère.

En face d'elle, Ar Floc'h, le sonneur de cornemuse, caressait d'une main distraite la panse re-
bondie de son instrument.

On le nommait le gentil bossu, car bien qu'il
eût un aimable visage, que deux yeux bleus

éclairaient d'une gaieté sereine, une bosse déformait son dos ; sa taille exiguë, ses membres grêles, eussent peut-être fait rire les enfants, qui sont sans pitié, s'il n'avait eu la plus douce voix du monde pour chanter les *soniou* et les *gwerziou*.

Il venait, au surplus, d'achever le premier couplet de la ballade de la *Petite mineure* :

> Ar vinorez a Draon-al-Lann
> 'D-eus goulennet gwelet he mamm
> Gwelet he mamm ha Komz out-hi
> Gant ar c'heuz braz e doa d'ezhi [1]

Mais on le pria de ne pas achever, la veillée de Noël ne devant point être consacrée par de bons chrétiens à des distractions profanes.

Ce fut l'avis d'Yvonne, la fileuse, et des pastoures Marianne et Anne-Marie, et de Tugdual,

---

[1] La mineure de Traon-al-Lann — a demandé à revoir sa mère, — à revoir sa mère et à lui parler, — tant elle éprouvait de douleur de sa perte.

le gardeur d'oies, — sous l'approbation tacite du bûcheron Rio, d'Hervéou, l'ancien archer du feu duc François, de Kerviniby et de Kernaham, écuyers de noblesse, très-fiers de porter le K barré.

Ces respectables personnages utilisaient, du reste, leurs loisirs, à manger des châtaignes cuites sous la cendre, qui provoquaient de fréquentes libations d'un cidre excellent, dont une douzaine de *pichets* couvraient la grande huche à pétrir le pain, qui servait aussi de table.

Seul, Ewenn Ar Gwénédour n'avait rien dit.

La quinzième année d'Ewenn s'accomplissait cette nuit même ; son front gardait la pure candeur de l'enfance, mais une étrange ardeur enflammait ses yeux vert-de-mer, où se reflétait une volonté puissante et dont le regard profond inquiétait.

Une abondante chevelure noire, lustrée, se massait en longues boucles sur ses tempes, en-

cadrant ses joues fraîches comme une pomme
d'api.

Sa physionomie exprimait une extrême dou-
ceur voilée de mélancolie, et cette vague insouciance des rêveurs toujours plongés dans la vie
factice.

Ewenn Ar Gwénédour était un pauvre orphelin, nourri par charité au logis de Fanch Koz,
auquel il rendait peu de services, n'étant point
assez robuste pour travailler aux champs, faire
des fagots en forêt, ou manœuvrer le pressoir à
la récolte des pommes.

En automne, il gaulait les noix et les châtaignes ; au printemps, il menait paître les brebis
sur la lisière des routes ; l'été, il portait le repas
aux moissonneurs.

L'hiver, Kervinihy, écuyer de noblesse, lui
apprenait ce qu'il savait de blason, en bribes
confuses; et Kernaham, son compaing, lui montrait à manier l'épée, tandis que le vieux Her-

vébu, qui jadis avait su lire, lui donnait les premiers éléments de cette science ardue et difficile.

Donc Ewenn était, à quinze ans, un beau garçon bien ignorant et bien sage, studieux, rêveur,
dévoré d'ambition, et qui voulait, au dire d'Hervéou, sortir de l'ornière. —

— Savez-vous, dit tout à coup un métayer,
pour rompre le silence qui pesait sur la compagnie, après la chanson d'Ar Floc'h et les murmures des fillettes ; — savez vous que Le Sénni-
hic, du hameau de Saint-Pierre-en-Villarouët-
sur-Tual, s'est établi au pays de Rohan ? Il y a
là trois grandes foires : la Noyal, la Houssaye
et la Brôlade, où se vendent plus de trois mille
chevaux, dès que le receveur de la vicomté a
levé son gant devant tout le monde...

Un pâtour se hâta d'interrompre le conteur :

— A votre santé, not'maître, lui dit-il en
lui passant le pichet où il venait de boire. Le

cidre est dur cette année, et la neige tombe dru
dehors... Qui nous contera une belle histoire,
pour égayer la veillée de Noël, puisqu'on n'a pas
voulu du *sône* d'Ar Floc'h ?

— Qu'il nous dise un *gwerz* [1], appuya Hervéou.

— Dame Marc'harit, l'aventure des laveuses
de nuit de la mare aux fées ?

— Yvonne, la complainte du béni Guénolé ?

— Barbaïc, ma chérie, le conte des revenants
du Bois-Brûlé !

— Kernaham, la rencontre de la brouette de
la mort dans la lande de Saint-Guern..

— Yaume, la vision des Korrigans !

— Josselin, la chronique du grand Monsieur
Saint-Yves, lequel fut avocat et ne vola point,
et qui alla en paradis, où il est resté parce que
Monsieur saint Pierre n'y a point trouvé d'huis-
sier pour l'en faire déguerpir.

[1] *Sône*, chant joyeux ; *gwerz*, chant guerrier.

Ces apostrophes se succédèrent à la défilée, pendant que les hommes tarissaient à franches lampées les pichets de cidre, en se faisant l'un à l'autre, gravement, cet aveu dépouillé d'artifice :

— Le cidre est dur cette année !

Sur quoi le chœur des voix sonores, vibrantes, graves, sourdes, aiguës, nasillardes, gutturales, reprit sur un ton uniforme :

— Pour dur, cette année, le cidre est dur !... mais voici que la neige tombe, et peut-être qu'il y aura des pommes...

Barbaïc laissa tomber un regard tendre sur Ewenn, qui la contemplait, en frôlant de son pouce les cordes d'une lyre vermoulue :

— Ewenn, dit-elle de sa voix harmonieuse, c'est à vous qui êtes un savant, de nous conter une légende de Noël.

— Un savant, Barbaïc ? Vous le pensez, vrai-

ment ? Je ne sais rien, hélas !... et je voudrais
tout savoir.

— Humph ! tu préfères un assaut d'escrime
aux leçons de dom Corentin, qui t'apprend à
peindre les lettres, en dépit de l'art nouveau
d'écrire des livres avec de petits morceaux de
bois, fit observer Kervinihy !...

— Je t'enseignerai, dit à son tour Kernaham,
ce que signifient en champ de sinople ou d'azur,
trescheurs, bande bretessée, points équipollés
et croix alaisée.

— Fils, murmura le vieux Fanch, l'esprit de
l'homme n'est point apte à savoir toute chose,
et désir de science fut cause de la chûte de nos
premiers parents.

— Barbaïc, interrogea l'hôtesse, a-t-on donné
aux bêtes double ration de provende et de sel ?...
Il faut honorer aujourd'hui les premiers courtisans de notre sire Jésus !...

— Oui, mère, et même on a préparé pour

l'ânon, que nous mènerons à la messe, un beau chanfrein de feuillages, avec force rubans.

Dix ou douze enfants, aux mines éveillées, qui s'ébattaient bruyamment dans un coin de la vaste salle, chantaient justement le noël de l'â- non.

— Je pense, reprit Marc'harit, qu'on mettra tous les sabots des enfants devant la cheminée, et qu'il y aura pour tous un présent ?

— Certes, bonne mère, tout est préparé, même le paquet de verges pour Joannic, qui va- gabonde à travers les landes, au lieu d'étudier à l'école de dom Corentin... A chacun sa mesure, et tous seront contents !

— En Brabant, disait Hervéou, on mange à cette heure du gruau béni, et en Limbourg, des glands doux. J'ai fait la guerre par là, et je m'en souviens même...

On l'écoutait avec plaisir, mais de grandes rasades emplissaient jusqu'aux bords les gobelets d'étain ; Yaume, Jacques, Mathurin et les deux écuyers de noblesse mettaient à profit le répit que leur donnaient les gens loquaces.

— Et toi, Barbaïc, fit Marc'harit, qui lissa du bout des doigts les blondes tresses de sa fille, es tu allée, cierge en main, voir au fond du puits la figure de ton mari ?

La fillette rougit, et coula un regard sur Ewenn, qui songeait ; puis, doucement :

— Oui, mère, je l'ai vu ! répondit-elle.

— Est-il blond ou brun ? demanda la sémillante Yvonne... Moi je ne vais pas à la messe. Il faut que je reste ici pour puiser, au coup de minuit, l'eau qui guérit les fièvres.

La lumière d'une des torches de résine pétillait :

— Ne laissez pas éteindre une seule des torches, ordonna Fanch Koz : ce serait un signe de mort pour l'un de nous.

— Sommes-nous tous présents ? interrogea

Marianik, qui branlait sa tête chenue, en remuant le pied, par l'habitude, car elle filait au rouet d'un bout de l'année à l'autre, hormis les dimanches et fêtes, depuis cinquante ans...

Elle compta du doigt les personnes présentes et poursuivit :

— Issa, la sorcière, manque. Veillez à ce qu'elle ne promène pas son rouet dans le village : ce sortilége rendrait stérile tous nos arbres à fruits.

Rio, lequel n'avait encore rien dit, s'adressa au petit Ewenn, qui discutait à voix basse avec Ar-Floc'h, le joueur de cornemuse :

— A quoi penses-tu, Ewenn ? lui demanda-t-il. On dirait qu'au lieu d'être né en ce jour de Noël, il y a quinze ans, et ce fut mon père qui te porta sur ses bras à l'église pour être baptisé, — on dirait que tu naquis en plein novembre, *miz duff*, — le mois noir !...

Le jeune homme secoua la tête, et, d'une voix pénétrante :

— A quoi je pense, ami Rio ? s'écria-t-il... Je pense qu'il est parmi les heureux de ce monde des hommes qui peuvent satisfaire tous leurs désirs, et qu'il est des pauvres par trop chargés de misères...

— Et toi, de quoi te plaindrais-tu ?

— C'est vrai ! répartit le jeune homme, avec amertume, de quoi me plaindrais-je ? N'ai-je pas famille, fortune, avenir, moi, l'orphelin de la charité ?... moi qui espérais...

— Qu'espérais-tu, Ar Gwénédour ?

— Rien pour moi, tout pour les autres ! Je voudrais savoir lire couramment, en toutes sortes de langues, comme dom Corentin ; je voudrais, comme lui, savoir écrire en lettres d'or et d'azur le saint Evangile de Notre-Seigneur... Et connaître, enfin, tout ce qu'enseignent dans les villes, à des milliers d'enfants de mon âge, des moines qui ne sont pas toujours enfermés entre les quatre murs de leurs monastères... En un mot, Rio, Hervéou, Kernaham, et vous, Kervilihy, je *voudrais savoir*.

— Oh ! Vierge sainte ! fit Marianick, étonnée... C'est là ton ambition, mignon Ewenn ?... Alors, au lieu de venir avec nous tous à l'église, rends-toi aux ruines de l'abbaye de Saint-Guénolé... Chaque année, au coup de minuit, un moine sort de son tombeau, ce moine même qui avait commis tant de péchés dans sa vie ! Son ange gardien présenta au tribunal du ciel beaucoup de livres des Evangiles que ce moine avait copiés et recopiés durant toute sa vie. L'ange obtint que pour chaque lettre, un péché serait effacé... Or le nombre des lettres se trouva plus élevé que celui des péchés, et Dieu envoya le pécheur en purgatoire, où il doit rester jusqu'au jour où, par son intervention, un homme prendra l'habit religieux...

— Mais je ne puis être prêtre, objecta Ewenn, naïvement, puisque je veux épouser Barbaïc.

Tous ses auditeurs se mirent à rire ; Barbaïc, confuse, cacha son visage empourpré dans le giron de sa mère.

— A savoir si Barbaïc voudra de toi, garçon ! déclara Fanch Koz.

Le Gwénédour répondit résolûment :

— Aujourd'hui non, mais quand je serai noble, savant et riche !... Dites-moi, Marianik, cette apparition...

— Hé ! mon fils aurais-tu le courage d'y aller ?... Le moine blanc t'enseignerait, alors, ce qu'il faut faire pour devenir, comme tu le disais tantôt, noble, savant et riche !

— J'y vais ! dit Ewenn, qui se leva.

— Prends garde ! lui cria Kernaham : c'est tenter Dieu !

Fanch Koz cita la sentence bretonne :

--- *Neb a vev en doujanz Doue, a varvo en he garante.*

« Celui qui vit dans la crainte de Dieu mourra dans sa grâce ! »

— Je crains Dieu, dit Ewenn — et le diable aussi, ajouta-t-il en faisant le signe de la croix. Mais, je vais à la rencontre du moine blanc sans intentions mauvaises... Et s'il me donne le moyen de devenir noble, savant et riche, c'est à ma chère Barbaïc que j'offrirai ces dons merveilleux...

— Présomption ! murmura Tugdual, le gardeur d'oies, en haussant les épaules.

— Bon courage ! dit Kernivihy.

Le chœur des Yvonne, des Marianik, des Anne-Marie, des Marianne, glapit funèbrement :

— Pauvre garçon qui court à sa perdition certaine !

Et le chœur grave des Mathurin, Jacques, Yvon, Rio, Hervéou, enchérit :

12

— Pauvre cher garçon !... C'est égal : pour dur, il est dur, cette année ! — j'entends le cidre.

Et tous les gens de Coatzmeur, vassaux du sire de Guergarello, s'unirent en une seule troupe pour vociférer :

— C'est la vérité : il est dur !... Mais Dieu sauve le gentil Ewenn des pièges du Mauvais !

Le gentil Ewenn ne s'inquiétait guère de ces doléances.

Il endossa rapidement sa peau de bique par-dessus sa veste et ses grègues, en rabattit le capuchon sur ses cheveux, et suspendit à son cou la courroie de cuir qui retenait sa lyre : puis il prit son bâton ferré.

Jetant alors un regard dédaigneux sur la vaste salle, vivement éclairée par la flamme de l'âtre et par les torches fumeuses, qui jetaient des reflets rouges sur les meubles, trouant de clartés bizarres les ombres noires, égayant les visages, tous tournés vers lui, l'adolescent s'avança vers Barbaïc.

Celle-ci un peu pâle, mais fière et résolue, se leva, et lui tendit la main :

— Ewenn, lui dit-elle de sa voix suave, quand vous le pourrez, vous m'apporterez l'anneau des fiançailles ; en attendant voici la bague que je vous donne pour vous engager ma foi.

Elle prit les ciseaux qu'une chaînette d'argent retenait à son tablier, coupa une mèche de ses che - veux, la tordit et la noua autour du poignet d'Ewenn avec le galon de laine bleu de son cor- sage.

Cette action hardie souleva quelques murmu- res, et le vieux Fanch Koz dit à Ewenn :

— Ma fille fait à sa tête, garçon, mais moi je ferai à la mienne. Au lieu d'aller courir les aven- tures, tu ferais mieux de venir à la messe avec nous.

— Père, j'assisterai à la messe de l'aurore et

à la messe du jour, et pendant que je subirai mon sort dans les ruines de l'abbaye, ma Barbaïc priera pour moi.

Ayant ainsi parlé, Ewenn Ar Gwénédour salua la compagnie à la ronde, sourit à Barbaïc la blonde, et sortit.

II

COMMENT EWENN PASSA DIX ANS DE SA VIE A TOUT APPRENDRE

Tandis que Kernaham et Kernivihy, écuyers de noblesse, et Tugdual le gardeur d'oies, et le bûcheron Rio trinquaient gaiement avec l'archer Hervéou ; que les pâtours et les métayers buvaient à larges lampées le cidre, un peu dur mais droit en goût ; tandis que le sonneur de cornemuse, Ar Floc'h apprenait aux enfants un beau *Noël* gaélique, Ewenn le Gwénédour cou-

12*

rait à sa destinée, comme l'avait dit la vieille Marianik...

Il eut bientôt laissé derrière lui la dernière chaumine du hameau, une misérable hutte où, la veille encore, grelottait sur la paille cette pauvre Marianik, amenée par Ewenn au foyer de Fanch Koz, qui souriait maintenant à la flamme claire de l'âtre, et dont la charité du vieux Breton garderait désormais la vieillesse à l'abri de la misère.

Ewenn jeta un regard dédaigneux sur le toit effondré, les murailles crevassées, l'enclos plein de ronces ; puis il eut aux lèvres un joli sourire.

— Cette cabane est déserte pour jamais, se dit-il. Marianik la fileuse ne souffrira plus du froid ni de la faim. Acte charitable donne bon courage !

Il dévala sur un chemin rocailleux, encaissé entre deux talus où croissaient de vigoureux ajoncs que çà et là dominait le tronc difforme d'un saule étêté. Bientôt il fut à l'entrée de la lande, au bout de laquelle s'élevaient les ruines de saint Guénolé.

— Oh ! qu'elle était sombre et triste, cette nuit de Noël !

Au lieu de ce bleu profond et velouté des belles nuits d'hiver, de cet azur que poudroient d'étincelles de diamant les astres semés à profusion dans l'immensité, le ciel se revêtait d'un linceul de nuages opaques, d'où tombaient en spirales drues des tourbillons de neige.

Et la campagne disparaissait sous un suaire blanc qui effaçait les contours et les angles, changeait les formes et déconcertait le regard.

Les arbres rabougris qui bordaient la lande semblaient couverts d'un réseau d'épaisse dentelle, et des perles de givre diapraient les flexibles rameaux des aulnes.

Près des échaliers, les gros pommiers trapus

semblaient des monstres fantastiques aux tentacules énormes rayées de blanc et de noir, et les vieux chênes dépouillés, des spectres à la taille démesurée.

Pas un bruit ne troublait le morne silence, pas même le cri strident de l'orfraie ou le funèbre hurlement du hibou.

Les ruisseaux, figés sous un miroir de glace, ne mumuraient plus sur les cailloux, et les petits oiseaux, blottis sous de fragiles abris de mousse, dormaient, attendant que la voix sonore des cloches leur donnât le signal du *Gloria*.

La plaine s'étendait, vaste et nue, zébrée de grandes ombres noires, et çà et là un pan du manteau immaculé luisait, comme si quelque furtif rayon de lune l'eût argenté.

Sur les côtés de la lande, mais au loin, se dressaient les masses noires des bois, ensevelis de ténèbres, et le chemin coupait en biais ces terrains dénudés, à peine visibles sous la neige, malgré les touffes d'orties et de chardon qui le bordaient.

Ewenn cheminait paisiblement.

Ses yeux hardis et calmes sondaient l'obscurité ; de son bâton ferré il frappait les arbustes ; il chantait à demi-voix un *noël* du vieux temps.

L'enfant ne tremblait pas, dans cette solitude, et le silence lourd de cette nuit ne pesait point à son cœur intrépide.

Il avait, cet heureux de quinze ans, la bravoure sereine des consciences pures.

Il ne craignait ni de voir surgir devant lui, tout à coup, des fantômes agitant des bras décharnés sous le drapeau pourri, ni de voir fulgurer la prunelle sanglante des loups, en quête d'une proie.

Il ne pensait pas plus aux Korrigans, dansant en rond sur l'herbe flétrie, qu'à ces terribles lavandières qui tordent au bord des ruisseaux le linceul des morts, et dont la seule vue présage une fin prochaine.

Le vent n'apportait point à son oreille le grincement aigre de la brouette de la Mort, et la monotone mélopée des Errants de nuits, ces êtres mystérieux qui peuplent le monde, quand le soleil est couché.

Il allait droit devant lui, songeant à Barbaïc la blonde, un peu, mais plus encore à ce qu'il apprendrait bientôt de ce moine défunt qui sortait de son tombeau pour recruter un homme au service de Dieu.

Noble, riche et savant !

Dans quelques instants peut-être il aurait obtenu ces trois dons...

Et il marchait plus vite, et la lande se déroulait sous ses pas, comme si le chemin se fût allongé devant lui.

Au centre de la plaine s'élevait une de ces constructions mystérieuses léguées par les

druides à l'Armorique, un dolmen gigantesque.

Sur la roche serpentait une guirlande de
lierre, et la mousse croissait où le sang humain
avait coulé.

Par un phénomène étrange, la neige ne sé-
journait pas sur ce bloc cyclopéen ; dès qu'elle
l'effleurait, elle fondait en minces gouttelettes ;
et le feuillage du lierre, les tailles de la pierre
luisaient, émergeant de cet océan de blancheur
qui noyait tout, épargnant de ses atteintes l'autel sacré.

Là, disaient les superstitieux habitants de
Coatzmeur, résidaient des êtres surnaturels qui
dansaient à l'abri du rocher, et sacrifiaient aux
dieux renversés par le Christ les malheureux
égarés dans la lande.

Là s'accomplissaient des mystères redouta-
bles.

C'était un lieu maudit.

Le jour, on s'en détournait, et nul, durant la nuit, n'eût osé s'aventurer aux alentours du monument druidique.

Ewenn lui-même eut peur, lorsqu'il vit, de loin, cette masse que ne diaprait aucun flocon de neige, surgir, solitaire et majestueuse, du sein de la steppe désolée.

Il s'en approcha avec défiance, craignant quelque diabolique méchanceté de ces lutins qui dansent devant les pauvres voyageurs, les épouvantent par leurs grimaces, (car le diable est un sinistre bouffon,) et finissent par leur tordre le cou.

Heureusement il ne vit rien, sinon l'ombre gigantesque du dolmen, qui s'étalait sur la neige, du milieu de la plaine à la lisière d'un petit bois de chênes qu'il devait maintenant traverser, pour atteindre les ruines de Saint-Guénolé.

Ici encore les ténèbres étaient plus profondes,

et ce n'était plus des lutins, farfadets, korrigans, lavandières et fantômes, que Le Gwenédour avait peur, mais des loups affamés, qui rôdent sous les vieux arbres, en quête d'une proie à dévorer.

Le petit Breton serra plus fort son *pen-bas* dans sa main nerveuse, et son pas devint plus rapide.

Il fit le signe de la croix en passant devant le dolmen, tourna plusieurs fois la tête, comme s'il eût voulu braver les êtres mystérieux qui hantaient le lieu maudit, et s'engagea sous bois.

Son pied heurta une souche couchée en travers du sentier ; le choc arracha un long gémissement à la lyre suspendue aux flancs d'Ewenn.

La maîtresse corde résonna gravement, et les petites cordes grincèrent.

Ce fut comme un cri de détresse.

13

Ewenn se mit à courir.

En ce moment la brise apporta les vibrations lointaines de la cloche sonnant la messe de minuit, puis soudainement une autre cloche répondit à cet appel.

Le son de celle-là n'était pas clair, sonore, éclatant, comme les volées joyeuses de l'autre, mais au contraire sec, fêlé, strident, et la voix de l'airain n'éveillait point les échos endormis.

Le jeune garçon demeura frappé de stupeur.

Qui donc à cette heure, en ce jour, osait faire retentir le bronze muet depuis deux siècles ?

— Qui ébranlait ces cloches, encore suspendues au sommet du clocher de l'abbaye, mais auxquelles personne n'avait touché depuis le jour d'exécrable mémoire où l'Anglais avait porté la torche dans la maison du Seigneur ?

Ewenn arriva enfin au terme de son voyage.

Devant lui s'élevaient des masses confuses ; tout à coup la neige cessa de tomber.

Une brusque rafale, une saute de vent déchira les nuages, et par le trou qui se fit dans le ciel s'échappa un rayon de lune dont la blafarde lueur illumina un moment ce qui restait de Saint-Guénolé.

Une terreur superstitieuse envahit l'adolescent.

Une fois encore il se signa, en fermant les yeux.

Puis il se hasarda à examiner l'endroit où il se trouvait.

Ce n'étaient que décombres et ruines ; des pans de mur, debout, noirs encore des traces fuligineuses de l'incendie ; des amas de pierre que la ronce enveloppait de son lacis d'épines ; de hautes fenêtres en ogive, aux rosaces délicates, sans vitraux ni verrières ; de grêles colonnettes rayant le vide noir de leur fût

svelte et blanc ; des statues décapitées, des
tronçons de moulures, des corniches brisées.

Les chauves-souris, effarouchées dans leur
pesant sommeil par le bruit des pas, voletaient
lourdement, et des engoulevents pépiaient,
perchés sur la cime des voûtes lézardées, ou
blottis dans des niches obscures.

Les tintements de la cloche emplissaient le
cloître désert d'une sauvage harmonie.

Ewenn, pâle et les cheveux hérissés, eut une
inspiration subite.

Pour commander à l'effroi, qui faisait perler
la sueur à son front, il prit sa lyre, et frôla les
cordes d'une main tremblante.

Puis d'une voix altérée, mais pure et fer-
vente, il chanta les premières strophes du
Magnificat :

« Mon âme glorifie le Seigneur.

« Parce qu'il a regardé l'humilité de sa
servante...

Saisi d'une religieuse émotion, il redevint peu à peu maître de lui-même, et sa voix puissante et douce, raffermie, accentua fermement la sublime poésie de l'hymne de la Vierge.

Quand il eut achevé, un grand silence se fit.

L'orfraie, les oiseaux nocturnes se taisaient, les chauves-souris, pendues par grappes aux corniches, ne remuaient plus.

Et la brise apportait les notes gaies du carillon de Noël.

Ewenn eut une pensée pour dame Marc'harit et Barbaïc, qui entraient en ce moment à l'église, et pour la vieille Marianik, qui filait son rouet en esprit, au coin de l'âtre, surveillant la marmite.

Minuit sonna longuement.

Ewenn tressaillit.

Un bruit léger se fit.

L'enfant vit, devant lui, subitement, un moine vêtu de blanc, avec le scapulaire noir

sur sa robe, et le capuchon rabattu sur la tête.
Une barbe argentée descendait à flots sur le
froc ; les yeux brillaient d'une clarté vive sous
des sourcils buissonneux ; une expression d'austère tristesse régnait sur le visage, qui n'inspirait point la crainte, mais le respect.

Après avoir contemplé un moment l'apparition, Ewenn fit le signe du chrétien, et fut
rassuré, en voyant que le moine ne s'évanouis-
sait pas en fumée, car le signe de la croix ne
chasse que le démon.

— Homme de Dieu, dit-il alors, en ôtant son
bonnet, d'où sortez-vous et que voulez-vous de
moi?

Le moine ne dit rien.

— Homme de Dieu, avez-vous besoin de
prières ?

Même mutisme.

— Homme de Dieu, en ce jour où Jésus est
né, si un pauvre pécheur peut quelque chose

pour le salut de votre âme, dites-le, je le ferai.

Une voix grave et sourde, qui paraissait sortir, non point de la bouche du moine blanc, mais des entrailles de la terre, et qui, bien qu'elle fût distincte, semblait venir des profondeurs d'un abîme, répondit enfin :

— Oui, j'ai besoin que les chrétiens implorent pour moi la miséricorde divine... Ewenn le Gwénédour, tu veux être noble, savant et riche... La noblesse est dans ton cœur, la richesse est dans ta main. Fais ton devoir et travaille, ces biens te viendront par surcroît...

— Mais le savoir ! ne put s'empêcher d'interrompre Ewenn, qui tremblait que son espérance fût déçue.

— Tu veux savoir ?... Hélas ! toute science humaine est vaine, qui ne s'applique pas à la glorification du saint nom de Dieu !..

— J'aime Dieu, je veux le servir, dit le gars, étonné lui-même d'être si hardi.

— Rien ne s'acquiert sans peine, poursuivit le moine blanc. Tu as reçu les dons du Saint-Esprit, saches-en profiter. Mais parce que tu as été secourable et que tu as exercé au nom de Dieu la vertu de charité, une grâce spéciale te sera accordée... Soulève la pierre tombale qui gît à l'ombre de cette croix, ajouta l'âme en peine, en montrant du geste une table de granit aux arêtes frustres ; tu trouveras sous cette pierre une pièce d'or, une seule. Prends-la. Tant que tu sera sage, honnête et craignant Dieu, elle se renouvellera constamment et d'elle-même dans ton escarcelle... Va, pars sur l'heure, sans regarder en arrière ? tu entendras les trois messes de Noël à la prochaine paroisse... Dix jours de marche te mèneront à Bourges, et tu commenceras là ta vie d'écolier, que tu poursuivras d'université en université, jusqu'à ce que tu sois las d'étudier et d'apprendre... Et quand tu jugeras que tu sais assez, si tu n'as pas trouvé

le bonheur, tu reviendras au village natal, riche,
si tu as su gagner la richesse : noble, si tu as pu
gagner la noblesse, et savant, si tu as mis à
profit les enseignements de tes maîtres...

— Serai-je heureux ? interrogea Ewenn qu'une
indicible mélancolie envahit, à ces paroles qui
lui promettaient la réalisation de ses rêves.

— Tu sauras par toi-même si la science donne
le bonheur !

La voix allait s'affaiblissant peu à peu... L'apparition s'effaçait lentement. Elle ne fut bientôt
plus qu'une forme indécise, puis un nuage, puis
une vapeur diaphane, et disparut enfin.

Ewenn souleva la pierre. Une pièce d'or brillait dans la poussière. Il s'en empara.

Alors, dominé par une peur affreuse, par une
angoisse terrible, abandonnant sa lyre sur le
sépulcre qu'il venait d'ouvrir, il s'enfuit.

Aux fêtes de Pâques de l'an 1519, il n'était bruit, aux écoles de l'université de Bourges, que d'un écolier tout nouvellement arrivé, qu'on présentait comme un prodige de mémoire, et surtout comme un modèle de sagesse.

On le nommait Ewenn, et plus communément le Breton, son nom gaélique étant fort difficile à bien prononcer.

On le voyait chaque matin assister dévotement à la messe en l'église Saint-Pierre le Guillard, près de laquelle il logeait chez une vieille bonne femme, la Solange Bonnet.

Jamais il n'entrait à la taverne. Il ne hantait point les joyeux compagnons qui couraient les lieux de « fraîsche beuverie », et se divertissaient aux clabauderies, bombances, frairies, chants et danses, qui sont menus plaisirs d'écoliers.

Toujours vêtu simplement de la robe de drap bleu fourrée de poil, il ne recherchait point les ajustements frivoles, dédaignait les rubans, passementeries, cannetilles et broderies, dont ses frères en gaie science ne se faisaient faute de parer leurs atours.

Il faisait l'aumône comme un bon chrétien, allant de sa personne visiter les pauvres et les malades, sachant donner avec sa piécette d'argent la parole amicale et le sourire compatissant qui mettent du baume au cœur des malheureux.

On ne l'entendait médire de qui que ce fut, non plus que tenir propos légers, ou futiles devisettes.

Il travaillait avec acharnement, assistait aux cours de la première à la dernière minute, et, bien avant dans la nuit, la clarté de sa lampe rougissait le châssis de papier huilé dont l'unique fenêtre de sa chambrette était close, en guise de vitrail.

Cette existence austère d'Ewenn Ar Gwénédour ne fut pas, dès le premier abord, du goût de messieurs les écoliers, ses confrères.

La jeunesse n'aime pas une conduite qui

censure la sienne par l'exemple des privations.

On essaya de détourner le Breton de son obsti-
nation tenace au labeur ardu des études philo-
sophiques ; on le voulut entraîner, et, comme
il résistait, quelques méchants garnements s'avi-
sèrent de lui jouer de mauvais tours.

Mais ils n'en furent pas les bons marchands,
comme on dit.

Le Breton, fort calme et d'une angélique dou-
ceur, quand on lui bâillait la paix, s'émut et se
fâcha quand on prétendit le malmener.

Et comme un jour on lui avait par trop échauffé
les oreilles, il joua des poings et du bâton,
soutint l'assaut d'une douzaine d'agresseurs, distribua maint horion, et fut enfin laissé tranquille, parce qu'on reconnut que ce garçonnet,
petit et délié, avait des muscles d'acier sous sa
peau blanche, et qu'il était aussi peu endurant
qu'intrépide, avec toute sa bonne humeur et sa
placidité.

Ewenn, avec les éléments de la philosophie, apprit à Bourges les principes du droit romain, ainsi que les coutumes, les lois, les usages du pays latin.

Il étudiait en même temps la poésie et l'éloquence profane, Horace et Sophocle, Cicéron et Démosthène.

Souvent, lorsque le professeur descendait de sa chaire, l'écolier s'approchait de lui, et tous deux se mettaient à deviser de mythologie, ou préparaient des notules, scolies et variantes pour en orner le texte d'un auteur favori, qu'ils se proposaient de faire imprimer plus tard en Sorbonne, si la docte Faculté les y daignait autoriser.

L'étudiant du seizième siècle, on le sait, jouissait de nombreux priviléges.

Aucun propriétaire ne pouvait lui refuser de lui louer une chambre, dût-il même expulser un plus ancien locataire. Il pouvait contraindre également, sous caution, un maquignon à lui louer un cheval.

Il avait le droit de faire taxer son logis, à Paris, par deux magistrats, en vertu d'une bulle de Grégoire IX : à Montpellier, par le juge *parvi Sigilli*, en vertu d'une ordonnance du roi Charles IV.

Si le bruit du marteau d'un forgeron, dit Audin, de la roue d'un tourneur ou du chant d'un ouvrier, habitant sous un toit commun, empêchait l'élève de travailler, il pouvait faire donner congé à son voisin incommode, comme écrivent Barthole et Platea, et comme fit Pierre Rebuffi à l'égard d'un tisserand qui logeait à Montpellier, près du collége de Vergier, et qui, levé avec le coq, chantait si haut qu'il étourdissait tous les professeurs. Ce privilége d'éviction s'étendait jusque sur le manipulateur d'odeurs capables de nuire à la santé de l'étudiant.

L'écolier était exempt de tous services envers l'État ; il pouvait récuser tel de ses examinateurs qui lui était suspect ; il ne payait aucun salaire à ses maîtres, non plus que le moindre impôt à l'État ; si on l'offensait, le coupable était poursuivi d'office, et ses livres étaient insaisissables. Il jouissait de tous les droits civils de la ville où il étudiait, et même à Paris, par décret d'Innocent IV, il ne pouvait être excommunié.

Avant de se rendre à Paris, où il comptait compléter ses études, Ewenn Ar Gwénédour voulut visiter quelques-unes des universités des provinces de France.

Après avoir subi à Bourges les plus brillants examens, il se rendit à Toulouse, la plus ancienne université de France, après celle de Paris, fondée par le pape Grégoire IX, en 1233, et où les professeurs possédaient le privilége d'être enterrés avec les éperons, l'épée au côté, l'anneau d'or au doigt.

Il alla ensuite à Montpellier, université également établie par un pape, Nicolas IV, en 1209 : il y étudia spécialement la médecine.

Il apprit, entre autres choses merveilleuses, que l'on guérissait la léthargie en attachant une truie dans le lit du malade ; qu'un mélange de chair de lièvre, d'œufs de fourmi et d'huile de scorpion provoquait la fièvre dans les cas d'apoplexie, au dire de Gilbert d'Angleterre. Il fut des premiers à s'inspirer des préceptes d'hygiène de l'école de Salerne.

Ewenn passa ensuite à Cahors, à Aix, créations des papes Jean XXII et Alexandre V ; puis à Valence, où le dauphin Louis avait institué des écoles ; puis à Nantes, et enfin à Avignon, où, pour la première fois, il chaussa des souliers rouges, *caligæ rubræ*.

Il vint ensuite à Paris, dont l'Université, soixante-dix ans plus tôt, avait reçu la réforme salutaire du cardinal d'Estouteville, évêque de Maurienne.

Depuis sept ans, Ewenn Ar Gwénédour travaillait avec une si rude ardeur, qu'il fut admis sans peine à la collation des différents grades : il fut donc reçu maître ès-arts, bachelier en théologie, docteur en théologie après la soutenance de quatre thèses, docteur *in utroque jure.* Il soutint avec éclat la thèse *aulique,* puis la *resumpte,* et il eut le droit de porter au doigt l'anneau de topaze, de revêtir la robe d'écarlate et le chaperon d'hermine.

Il ne se contenta point de ces titres.

Il passa les examens de physiologie, d'hygiène, de pathologie, discuta plusieurs aphorismes d'Hippocrate ; commenta les thèses *quodlibitaires* après la Saint-Martin, soutint pendant le carême la thèse cardinale, et fut déclaré, à la Saint-Louis, docteur en médecine.

Une fois nanti de ces précieux diplômes, au

lieu de professer à son tour, ou d'écrire quelque beau livre, soit contre les hérétiques, soit sur l'histoire des anciens âges, le Gwénédour parcourut les plus célèbres Universités de l'Europe, passant plusieurs mois dans chacune d'elles, et se pénétrant des doctrines particulières qu'on y enseignait.

Il alla donc à Oxford, à Cambridge, en Angleterre ; à Upsal, en Suède ; à Salamanque, en Espagne ; à Prague, en Hongrie ; à Florence, à Pavie, à Pise, en Italie ; à Coimbre, en Portugal ; à Cologne, Heidelberg, Erfurth et Ingolstalt, en Allemagne.

Partout un grand renom de savoir l'accompagnait. On l'avait surnommé le *Docteur des docteurs* : on exaltait son mérite, on l'accablait de louanges.

Lui, cependant, ne s'en montrait pas orgueilleux.

Mais il s'abreuvait des satisfactions que donne

la science ; jamais il n'était rassasié ; il dévorait toutes les productions nouvelles ; il ne cessait d'étudier que pour prier ou dormir ; encore n'accordait-il au sommeil que trois heures chaque nuit.

Et plus il se plongeait dans l'étude absorbante, plus il comprenait que la science qu'on peut acquérir n'est que l'infime partie de celle qu'on n'acquiert jamais, et il se répétait avec amertume le mot de Socrate :

« Ce que je sais le mieux, c'est que je ne sais rien ? »

Que ne savait-il pas, cependant ?

Il savait à fond l'*Abacus* de Léonard de Pise (Fibonacci), où ce savant du treizième siècle détermine les règles de l'algèbre, dont il devait la connaissance aux Arabes, et les traités de mathématiques de Lucas de Burgo, de Jérôme Cardan, de l'Allemand Christophe Rudolph, qui venait d'inventer les signes algébriques et de maître Nicolas Chuquet.

Il avait étudié la géométrie dans tous les auteurs grecs, Pythagore, Anaxagore de Clazomène, Euclide, et la mécanique dans Archimède.

L'astronomie lui avait révélé tous ses secrets, les observations des Chaldéens, des prêtres égyptiens, de Thalès, de Méton et d'Euctémon ; ces deux derniers, on le sait, observèrent le solstice d'été 432 ans avant Jésus-Christ.

Il se pénétra des recherches de l'école d'Aléxandrie, où brillèrent Aristille, Timocháris, Aristarque de Samos ; Hipparque, qui découvrit la précession des équinoxes ; Sozygène et enfin Ptolémée.

Il n'ignorait rien des découvertes d'Aboul Wefa, de Bagdad.

Mais Copernic, jeune encore, n'avait pas encore publié son admirable ouvrage *De revolutionibus orbium cœlestium*, et l'astronomie n'était, par conséquent, basée que sur de fausses théories.

Il savait en hydraulique, ce que Ctésibius et Héron d'Alexandrie lui avaient appris, mais, en alchimie, il avait épuisé toute la sève des grands maîtres : Geber, Rhazès, Avicenne, Averroès, Roger Bacon, Albert le Grand, Arnaud de Villeneuve, Raymond Lulle, Jean de Meung, l'auteur du *Roman de la Rose*. Basile Valentin et Paracelse.

En philosophie, il avait approfondi tous les systèmes connus de son temps, la cosmogonie de Bérose, la doctrine ésotérique des Egyptiens, le sabéisme, l'histoire de Sanchoniaton, les sentences des sept Sages de la Grèce, les écoles ionique, atomistique, pythagorique, cyrénaïque, Platon, Aristote, la physiologie de Zénon, et, dans le monde chrétien, les grands philosophes du moyen âge : Jean Scott, Gerbert, Anselme d'Aoste, Lanfranc, Abailard, Guillaume d'Occam, Henri Gœtals et Richard Middleton, Gerson, Clemang, Thomas à Kempis, Pierre d'Ailly.

Pour tout dire, le petit orphelin du village de
Coatzmeur, au diocèse de Quimper, le pauvre
vassal du pauvre sire de Guergarello, l'enfant
recueilli par la charité de Fanch Koz, et le protec-
teur de la vieille Marianik, était devenu un *doctor solemnis*, un *doctor christianissimus*, le plus
fameux et le plus illustre des savants de son
siècle, s'il n'eût constamment et par humilité,
refusé de briller au premier rang.

Or, un beau jour, Evenn le Gwénédour disparut de Venise, après y avoir soutenu le plus merveilleux tournoi oratoire auquel eût assisté la
ville des doges, et l'on supposa généralement
que, craignant le courroux de Messeigneurs les
inquisiteurs d'Etat, pour avoir peut-être hasardé
quelque proposition dangereuse, il s'était enfui,
où que le Saint-Père Clément VII l'avait mandé
à Rome pour y jouter contre ses académies de
savants.

III

C'était le soir d'un beau jour d'automne. Le soleil arrivait au terme de sa carrière, et ses feux embrasaient de pourpre et d'or l'horizon, où il disparaissait derrière les montagnes, dardant ses derniers rayons d'un incomparable éclat dans le ciel d'un bleu limpide.

Un voyageur atteignait à ce moment le sommet d'une côte.

De là, il découvrait, enfoui sous les chênes

verts aux puissantes ramures, le coquet village de Coatzmeur, avec ses toits de chaume verdoyant de mousse et brodés de ravenelles, avec le clocher neuf de sa petite église, dont la flèche fleuronnée dépassait la cime des arbres, élevant dans le ciel un coq brillant comme un point d'or.

Cet homme était bien jeune encore, et pourtant ses traits ravagés gardaient une expression d'austère gravité.

Maigre, les épaules voûtées, bien que d'apparence robuste, il avait le visage de la pâleur mate des gens qui ne vivent pas au grand air. Ses longs cheveux noirs, qui encadraient ses joues de boucles épaisses, se mêlaient de fils d'argent.

Il allait à pied péniblement appuyé sur le bâton de cornouiller ferré aux deux bouts, que les gens de Bretagne appellent *pen-bas*, et qui devient en leurs mains une arme redoutable. Il paraissait, d'ailleurs, accablé de fatigue.

Son équipement consistait en grègues de drap noir, avec une soubreveste de même étoffe, à revers de toile bise.

A son chapeau une plume déformée pendait tristement, et sa cape, de couleur amadou, témoignait de longs et loyaux services.

Un joyeux sourire éclaira sa figure lorsqu'il aperçut les maisonnettes de Coatzmeur ; puis son regard se porta sur la vaste lande désolée, que ceignait d'une ligne sombre la lisière des grands bois, que la masse d'un dolmen druidique tachait à son milieu, et au delà de laquelle, derrière un rideau de saules et de fleurs, s'élevait, majestueuse encore dans ses ruines, l'antique abbaye de Saint-Guénolé.

A cette vue, le voyageur ôta son chapeau, comme s'il eût salué le sol natal ; puis il s'agenouilla, baisa la terre et fit une courte prière.

Il descendit un sentier qui courait sur la pente, entre deux baies fleuries d'églantines et d'aubé-

14

pines, où la viorne s'enlaçait en guirlandes empanachées, lorsqu'il vit venir à lui un homme, à la blonde chevelure flottant à la brise, et qui cheminait en jouant sur la cornemuse un sône plaintif.

Le voyageur s'arrêta et sourit :

— Dieu te donne la bonne vesprée, Ar Floc'h, mon ami, dit-il au sonneur de cornemuse, fort étonné d'être salué de cet inconnu, et qui lui répondit, en branlant la tête :

— Merci, mon homme, qui que tu sois, et va bien vite chez ma commère Yvonne, boire un verre de cidre, — cette année, il est dur, mais droit en goût ! — car tes pieds sont blancs de poussière et tu dois venir de loin ?

— De bien loin, Ar Floc'h, puisque tu ne m'as pas reconnu. A demain donc, et je te paierai cher le plus solennel de tes *gwerziou*.

L'étranger continua sa route, laissant le brave ménestrel tout pensif.

Au bas de la colline, deux hommes se promenaient bras-dessus, bras-dessous, non point vêtus du sayon et des braies, mais ayant le justaucorps armorié et les chausses bouffantes, et, sur la tête, une toque garnie d'un plumail.

Le jeune homme vint à eux, et leur tendit la main droite, s'étant découvert de la gauche.

— Bonjour, Kernaham, écuyer de noblesse, dit-il à l'un. Bonjour, Kervinihy, écuyer de noblesse, dit-il à l'autre. M'est avis que vous ne m'attendiez pas. Où fera-t-on, ce soir, la veillée ?

— L'homme, répondirent-ils, tous deux ensemble, nous n'aimons pas beaucoup ceux qui arrêtent les gens au passage, et notre nom n'est pas de ceux qui tombent de la bouche d'un vagabond sans être précédé du titre de *messire*. Allez droit devant vous, chez Marie-Anne, le premier logis, à gauche, sous un grand vieux noyer qui date du bon duc Pierre : notre commère vous baillera une verrée de cidre, dont vous avez grand besoin ; — il est droit en goût, cette année, — mais un peu dur !

Ils passèrent avec majesté, continuant leurs devis, et fauchant les fleurettes du pré, du bout de leurs houssines.

Le voyageur s'éloigna, en poussant un soupir.

Un bûcheron sortait du bois, courbé sous le poids d'une énorme fascine.

— Est-ce vous, Rio ? Voulez-vous que je vous aide à porter votre fardeau, mon vieux ? C'est lourd, ces bûches de hêtre !

— Assez lourd pour vos mains blanchettes, mon maître ! mais Rio n'a pas encore la septentaine, ses épaules sont solides. Vous verrez ! Venez avec moi jusqu'à ma demeure, et la Guillemette, ma femme, nous versera à chacun notre plein gobelet de cidre, il est fort, cette année, et droit en goût !...

— Un peu dur ! interrompit l'autre.

— Dur ! qui vous l'a dit ? Ma foi jurée, c'est un peu vrai... Mais n'importe ! nous trinquerons.

— Merci, Rio. Ce soir, à la veillée, nous causerons, nous deux !

Le village n'était plus qu'à cent pas.

Sur le revers d'un fossé une douzaine de petits gars s'ébattaient, montrant leur chemise par les fentes de leurs culottes, et le soleil faisait de leurs boucles blondes, des auréoles dorées, à leurs visages roses.

A la vue de l'étranger, ils cessèrent leurs jeux et se rangèrent en file sur le chemin, leurs pieds nus dans la poussière, et leurs voix argentines clamèrent le charitable :

— Dieu vous garde et vous conduise, vous qui allez sous l'œil de Dieu !

— Bonjour à vous, mes petits, et à vos anges gardiens, dit le voyageur avec un affectueux sourire.

14*

Il appela du doigt l'aîné de la bande, un garçonnet de sept ans, à l'œil bleu, hardi et mutin.

— Comment t'appelles-tu ? lui demanda-t-il.

L'enfant, bravement, répondit :

— J'ai nom Guénolé, par la grâce de Dieu.

— Et ton père ?

— Tugdual.

— Ah ! Tugdual... le gardeur d'oies. Eh bien ! petit, me veux-tu conduire à la maison de Fanch-Koz...

— Le vieux François ? Messire, on l'enterra à la Noël dernière : il n'est plus de ce monde, et Dieu ait son âme en paix.

Le voyageur se découvrit et se signa :

— C'était un noble paysan, dit-il d'une voix attristée, et un bon chrétien, charitable aux pauvres. Dieu le reçoive en son paradis !

Il essuya des larmes qui coulaient sur ses joues, et il reprit :

— Veux-tu me conduire à la maison de Barbaïc?..

— Barbaïc? interrompit l'enfant. Je ne connais dans tout Coatzmeur qu'une femme, filleule de sainte Barbe...

— Justement ! c'est chez elle que je veux aller.

— Alors c'est chez nous, dit joyeusement l'enfant, car Barbaïc, c'est ma mère !

L'étranger suivit l'enfant et l'embrassa à pleines lèvres, rouge d'émotion.

Puis une expression d'indicible mélancolie se répandit sur son visage, et ses mains lorsqu'elles eurent lâché le petit Guénolé, tremblaient bien fort.

Il se remit en marche, précédé de l'enfant, qui ne cessait de le regarder en tournant la tête, et suivi de toute la bande, qui courait, en chuchotant.

Bientôt ils arrivèrent à une chaumière neuve, au chaume jaune, moiré des fleurs blanches du liseron, qui grimpait sur la façade et mêlait ses lianes grêles à des fleurs et des feuillages de toutes sortes.

Un joli courtil s'étendait devant ce logis propret ; des poules picoraient sur le tas énorme de paille amoncelé sous des arbres : des chats se poursuivaient sous les hangars, où séchait la provision de bois pour l'hiver.

Un panache de fumée bleue ondoyait au-dessus de la cheminée.

Devant la porte, un paysan déchargeait un âne des sacs de blé qu'il portait : et sur le seuil, un jeune femme se tenait debout, un enfant dans ses bras, une fillette attachée à sa cotte, et souriant à son mari, qui revenait du marché voisin.

L'étranger, de l'échalier du jardin, s'écria :

— Je vous salue, Barbaïc, et vous aussi, Tugdual, et toute la compagnie !...

Barbaïc regarda.

— Ewenn ! s'écria-t-elle.

— Ah ! dit Ewenn, vous êtes la seule à m'a-
voir reconnu, Barbaïc !

Il vint à elle et embrassa les enfants, tandis
que l'honnête Tudgual lui souhaitait cordiale
bienvenue.

Entre ces braves gens, nul embarras.

Chacun avait choisi son lot, et nulle trace de
regrets n'existait, non plus que la sombre
colère.

Quand ils eurent échangé quelques bonnes paroles d'amitié, Tudgual alla quérir dans la cave
un pichet de cidre, rempli, trois verres, puis cho-
quant le sien contre celui d'Ewenn :

— Ami Ewenn, dit-il, bois ; il est un peu dur,
mais droit en goût !...

— Êtes-vous heureux, Ewenn ? demanda Barbaïc.

— Je suis savant, mais non point noble, ni
riche, ma chère. Pierre qui roule n'amasse pas
mousse. J'ai étudié tout ce que les hommes
enseignent, et je n'en sais pas plus long que
votre petit Guénolé, qui ne sait que son ca-
téchisme. Et vous, Barbaïc, êtes-vous heureuse ?

— Oui, Ewenn. Je vous ai attendu un an. Puis
voyant que vous ne reveniez pas, j'ai rendu ma
promesse de fiancée à l'autel de la Vierge Marie,
et pour obéir à mon père Fanch Koz et à ma mère
Marc'harit, Dieu les ait en son giron ! — J'ai
épousé le brave Tudgual. Il y a neuf ans de cela.
Il est bon mari...

— Et vous êtes une bonne femme, Barbaïc,
une bonne femme, une bonne mère....

— Sans être riches, nous avons notre suffi-
sance. Le bon Dieu nous a envoyé un enfan-

chaque année, et plus il en viendra, plus nous serons contents.

— N'en faites pas des savants, mes amis. Qu'ils restent paysans, qu'ils sachent aimer Dieu, l'honorer et le servir...

. . . .

Un mois plus tard Ewenn Ar Gwenédour entrait comme novice dans un monastère, où il vécut une longue vie, entièrement consacrée à écrire des livres pour la gloire de Dieu, et où il mourut dans un âge avancé, sans avoir jamais revu le moine blanc, dont il avait tiré l'âme du Purgatoire.

HISTOIRE D'UNE TÊTE DE MORT

15

A MADAME LA COMTESSE

Thècle d'Hespel d'Harponville,

Douairière

Mars 1880.

HISTOIRE D'UNE TÊTE DE MORT

I

CLAUDINE

Elle n'avait pas vingt ans.

Sa beauté éclatante était célèbre à plusieurs
lieues à la ronde ; elle ressemblait à cos belles
statues que la Grèce antique a léguées au monde :
mais au lieu de leur froide régularité et de leur
sécheresse de lignes, elle possédait cette exubé-
rance de vie que Pygmalion tenta vainement de
donner à sa Galathée.

Ses yeux noirs, irisés de fibrilles d'or, étincelaient sous les cils bruns qui frangeaient leurs
paupières ; son front, poli comme l'agate, ployait
sous le fardeau précieux des tresses opulentes
de ses cheveux blonds à reflets de cuivre bruni ;
sa bouche vermeille souriait, et ses lèvres d'une
couleur de pourpre foncée, ressortaient sur le
teint frais et rose de ses joues, comme une fleur
de fuchsia s'élève, splendide, sur les douces
nuances d'un bouquet de roses ; une fossette
gracieuse marquait son menton arrondi, et ses
oreilles mignonnes, ornées d'une simple boucle
d'argent, se cachaient à demi sous la dentelle
grossière de sa coiffe.

Elle avait la taille élevée d'une déesse, et les
allures vives et légères d'une enfant.

Mais ce que le pinceau d'un maître seul pou-
rait rendre, c'était l'expression mobile de cette
physionomie charmante sur laquelle on lisait
tour à tour la bonté, la folle étourderie, la gra-

vité, la gaieté, la mélancolie, et qui pourtant gardait toujours ce calme placide, cette majestueuse sérénité, priviléges des cœurs purs.

Elle se nommait Claudine Chevrier, et c'était une pauvre paysanne, la fille au père Zénon et à la Michelle, fermiers de M. le comte de Montfaucon de Rogles, et les gardiens de son logis de chasse.

Elle ne savait rien des choses de ce monde : elle ignorait tout ce qu'on y trouve de mal, et beaucoup de ce qu'on y trouve de bien.

Elle épelait difficilement les prières contenues dans le gros livre que, chaque dimanche, elle emportait à la messe, et s'émerveillait fort qu'on pût apprendre l'art

De peindre la parole et de parler aux yeux.

Elle ressemblait à l'un de ces blocs de marbre du Pentélique taillées par la main des élèves de Praxitèle et de Phidias.

Elle en avait l'ignorance absolue, et aussi l'indifférence. Rien en ce monde ne l'occupait. Elle ne pensait qu'à aimer Dieu, honorer son père et sa mère... et surveiller ses brebis.

Ce n'était point une de ces bergères que les rois demandaient en mariage, — quand il y avait encore des rois et des bergères, — ni le modèle de ces nymphes bocagères que le chevalier de Florian, son quasi contemporain, mettait en scène dans ses fables, ni même la pastourelle des chansons campagnardes.

Non. Claudine était une robuste paysanne, si gracieuse et si élégante qu'elle fût, et ne possédait d'autre esprit et d'autre trésor qu'une foi profonde, entière et sincère.

Elle paissait les brebis de son père, aux environs du village de Marcellaz qu'on voyait, de là, sur la hauteur, enfoui à demi sous le feuillage touffu des châtaigniers.

Assise à l'ombre d'un grand noyer, qu'habitait une tribu de passereaux toujours en guerre avec les fauvettes gîtées sur les hêtres voisins, elle tricotait un grossier bas de laine, et chantait, d'une voix aussi mélodieuse que mal cadencée, une complainte populaire en patois du pays :

> Tot' l' long de la vi la thiévra quèle
> La vache brame et l' mouton bèle,
> Jusqu'à l'agniai le pe ptiolin
> Qu's ' èn mèle ;
> Et sta chanfon dur sèn fin
> P le chemin

Les bergères de ces temps-ci cueillent la fraise sous les haies, ou les fleurettes des buissons d'aubépine ; c'est plus poétique mais c'est moins *vrai*.

15'

Claudine, la bonne enfant, se souciait bien des fleurettes et n'aimait pas les fraises !

Son doux regard suivait avec sollicitude ses grasses brebis et ses petits agneaux, non point blancs comme la neige, enguirlandés de campanules, et fleuris de pâquerettes, mais dont la toison rousse ou grisâtre portait la trace de maint accident, et qui préféraient l'herbe tendre aux soins empressés d'une cameriste.

Cependant chaque bête avait sa clochette, moins pour ajouter à l'effet du paysage, que pour faciliter sa tâche à leur gardienne, qui savait bien compter jusqu'à douze.

Aussi, comme le troupeau comptait vingt têtes cornues, sans parler des agneaux encore à la mamelle, Claudine se voyait obligée, après avoir formé un lot de douze, d'en former un de huit. Et elle savait à merveille qu'elle possédait, d'abord huit brebis, ensuite douze autres brebis, plus leur progéniture.

Ce jour-là, qui était un samedi de septembre de l'an 1712, Claudine Chevrier se réjouissait à la pensée qu'elle danserait, le lendemain, sur l'esplanade, devant l'église, et qu'elle étrennerait la belle robe de futaine bleue à rayures grises que lui avait donnée son père Zénon, et la coiffe de toile blanche, sans dentelles ni rubans, mais ornée d'une épingle d'argent, que sa mère, avait coupée et cousue de ses propres mains.

Et comme une bonne action augmente le plaisir, Claudine se hâtait de terminer le bas qui devait compléter la paire destinée à Colette la mendiante, si vieille, et qui marchait les pieds nus dans ses éclots de bois.

Peu d'instants avant que le soleil se couchât, un homme apparut là-haut, au tournant du chemin ombragé de sveltes peupliers, de hêtres et de sombres noyers, aux troncs noircis par les années, au feuillage d'un vert de bronze.

Cet homme, vêtu d'un justaucorps de velours écarlate, de culottes de peau, chaussé de bottes en cuir d'Espagne, et coiffé d'un chapeau empanaché, portait au côté un couteau de chasse, et tenait un fouet à la main.

Les chiens, de beaux *courants* au poil lustré, au museau encadré de longues oreilles pendantes, couraient en avant, fouillant les haies, se roulant sur le gazon.

Au loin, se dessinait la maigre silhouette d'un piqueur chargé du fusil du maître.

Le veneur voyait le raisin mûrir pour la vingtième fois peut-être, et il était dans tout l'épanouissement de cette vingtième année qui dure si longtemps et qui passe comme un éclair.

Il marchait d'un bon pas, sifflant un air de chasse, et s'amusant à étêter, du bout flexible de sa cravache, les grosses houppes violettes des chardons et les larges fleurs blanches, en ombelles, de la ciguë.

Lorsqu'il vit, s'étalant sur l'herbe, le jupon de bure brune de la fillette, il s'arrêta court, puis se glissant à pas de loup, il vint se cacher derrière le tronc du noyer qui la protégeait de son ombre.

Elle chantait à pleine voix :

> La maitra q' cherche sés écoualle
> N' sa pliet d' quin flanc battre des ales ;
> Pe pta l' caillôt l' craint d' n'avai pas
> D' faisselle,
> Et p' écrâmâ tot c' q' y aura d' gras
> Praut d' pliats.

— Bonjour, Claudine ! dit gaiement le jeune homme, en se montrant tout à coup.

La petite paysanne, sans rougir ni balbutier, répondit :

— Bonjour, monsieur de Montfaucon !

Elle baissa les yeux et continua tranquillement son tricot, manœuvrant avec agilité ses aiguilles, mais elle cessa de chanter.

Debout devant elle, Noël de Montfaucon la couvrait d'un regard presque insolent. Ses épais sourcils d'un roux cuivré se fronçaient : une pâleur mate s'étendait sur ses joues ; ses narines frémissaient, et des clartés vives s'allumaient dans ses grands yeux d'un bleu sombre.

Il fouettait les buissons du bout de sa baguette.

Il demeura là, fort longtemps, sans dire un mot, et comme son piqueur, l'ayant rejoint, s'approchait en souriant, il lui ordonna d'un ton brutal de poursuivre sa route et de rentrer au logis.

Peu à peu, néanmoins, Claudine s'enhardit ; ses paupières battirent, et bientôt son regard clair et franc se croisa avec l'outrageant regard du jeune gentilhomme. Celui-ci se troubla :

— Ta voix est joliette, Claudine, murmura-t-il. Allons ! dis-moi le dernier couplet de ta chanson :

Chanta, mes fliés, travailliz totte.

— Monsieur le comte oublie que j'ai déjà payé ma redevance ? dit Claudine d'un ton moqueur.

— Quelle redevance ?

— Toutes les filles des Chevrier doivent au seigneur du manoir d'Hauteville, une chanson et deux feuilles de lierre, le jour de sainte Apollonie, moyennant quoi les Chevrier sont tenanciers du pré de Vers Prailles...

— Ah ! Et quand viendra la prochaine fête de sainte Apollonie ?

— Au mois de février prochain, monsieur le comte.

— Et d'ici là tu ne chanteras pas pour me plaire, Claudine ?

— Je ne crois pas.

— Même si je te donnais un beau louis d'or à l'effigie du roi de France ?

Claudine fit une moue dedaigneuse :

— Je ne suis point bohémienne, répliqua-t-elle d'un ton décidé. Allez vous-en, monsieur de Montfaucon. Il n'est pas bien que nous restions ensemble.

— Pourquoi?

— Parce que vous êtes un seigneur et que je suis une vassale, parce que j'ignore tout ce que vous savez, et que vous ne pouvez...

— Claudine, je t'en prie, reste encore!

Elle s'était levée et appelait ses brebis. Le sourire ne caressait plus ses lèvres purpurines, et dans ses yeux noirs on lisait une irritation domptée à grand'peine.

M. de Montfaucon se mordit les lèvres. Un trouble singulier le paralysait, de méchantes pensées agitaient son esprit, et quelque résolu qu'il fût, il sentit le sang de la honte s'étaler sur son visage.

Ayant avisé une souche de noyer, noire et crevassée, qui se dressait à côté du trou béant qu'elle emplissait la veille, il alla s'y asseoir et, montrant du geste à Claudine l'herbe diaprée de colchiques violettes, il reprit d'un ton impérieux :

— Claudine, reprends ta place, je le veux !

L'enfant redressa fièrement la tête et répartit :

— Je suis la servante de Monseigneur, je resterai...

Noël sourit, puis, d'une voix plus douce, et d'un ton moins âpre :

— Tu es vraiment par trop sauvage, dit-il. Pourquoi me fuis-tu ? Pourquoi lorsque j'erre dans les bois, seul, triste, et cherchant toujours ce que je ne trouve jamais, t'envoles-tu à mon approche comme s'envole à tire d'aile l'oiseau que menace le canon de mon fusil ? Pourquoi me parles-tu d'un ton revêche en voilant tes yeux, toi qui montres leur pur et limpide regard au premier venu, et qui te fais si gracieuse quand tu parles à ceux que tu aimes ? Suis-je donc si pervers que l'on s'écarte ainsi de moi ?

Claudine, fort sérieuse, répondit :

— Seigneur comte, que cherchez-vous dans les bois que vous ne trouviez point ?

— Tu ne sais pas ! mon pédagogue me narrait que les forêts sont habitées par des êtres merveilleux, d'une beauté sans ombre, d'une science infinie. Je n'y crois point, mais je me suis dit que peut-être je rencontrerais sous les vieux chênes, dans les halliers obscurs, une fée à qui je puisse dire ma peine.

— Comte, il n'est pas besoin de fouiller la forêt, si vous cherchez un ami qui vous console. Que n'allez-vous en cette église où vous fûtes baptisé ? Vous trouverez là un confident discret, un juge indulgent, un ami véritable...

Montfaucon éclata de rire, et répondit avec une ironie pleine de sarcasme.

— Le prêtre et moi ne passons pas par le même chemin, Claudine. Cette fée que mon cœur appelle, je l'ai trouvée !

— Ah !... sainte Vierge !... balbutia la jeune fille.

— Oui, Claudine. C'est la fée de la jeunesse et de la beauté. Elle est au printemps de sa vie, elle vit dans les champs, parmi les fleurs, à l'ombre des grands arbres. Ses cheveux, déliés et fins comme les fils tombés de la quenouille de la Vierge, ont la douce couleur des blés dorés par le soleil. Ses yeux, miroir d'une âme aussi candide qu'une âme d'archange, sont plus brillants que les diamants sans prix dont ma couronne comtale est constellée. Elle est pauvre, cette fée ! Mais qu'elle m'écoute, et je la ferai la plus riche de ce pays.

— Monseigneur ! cria Claudine.

Mais le jeune homme ne voulut point comprendre qu'il offensait la douce enfant. Il poursuivit d'une voix ardente, le sourire aux lèvres :

— Tu la connais, Claudine. Ma fée est une pauvre vassale qui garde mes brebis... Dis-lui que de vassale elle deviendra châtelaine, de paysanne comtesse, et qu'elle aura tout à foison!... Dis-lui que mes richesses seront à elle, or et pierreries, noblesse et blason!...

Je la vêtirai de velours et de satin... Je couronnerai ses blondes tresses d'un diadème de perles... Cent esclaves obéiront à son moindre signe...

Claudine l'interrompit d'un geste plein de dignité, et répondit avec un accent de sereine indignation :

— Ne mentez pas davantage, Montfaucon! Celle qu'il vous plaît de nommer votre fée, est une humble bergère, qui n'est pas si folle que d'aspirer au rang des comtesses : une modeste fille des champs, qui ne sait rien, sinon qu'il ne faut pas offenser Dieu ; qui ne désire rien, si ce n'est d'être respectée surtout par ceux à qui elle doit le respect. Elle ne peut être votre femme, parce qu'il y a, en ce monde, une distance trop grande entre elle et vous, et que ni votre estime, ni son propre orgueil ne combleraient cette dis-tance. Elle est honnête. Elle ne veut pas que vos flatteries et vos mensonges bruissent à ses oreilles. Allez-vous-en donc, Montfaucon, et rappelez-vous que Dieu arrache souvent le passereau aux serres de l'épervier.

— Vous me chassez, Claudine?

— Je ne vous chasse pas. Je m'en vais et ne reviendrai aux champs qu'avec mon père ou mon frère à mes côtés pour me défendre de vos outrages.

— Est-ce donc vous outrager que de vous demander en mariage?

— Oui, puisque je refuse et que vous insistez.

— Claudine, je jure que vous serez ma femme!

— Jamais de mon gré. Non, non, monsieur de Montfaucon, cessez de me tenter, cessez d'abuser de votre puissance. Claudine Chevrier est

née paysanne, elle mourra paysanne, quand
tous les comtes de la terre l'accableraient de
leurs blasons, de leurs écus et de leurs châteaux.

Noël ne put réprimer un geste de rage. Il se
leva et vint droit à Claudine, qui étendit le bras
comme pour le frapper :

— Eh bien ! soit, cria-t-il. Tu ne seras jamais
mon épouse honorée, et tu te souviendras que
tu ne l'as pas voulu. Mais tu seras châtiée, vassale, de même que j'arrache du sol cette plante
et que je la broie sous mon talon.

Claudine, le visage tranquille, haussa les
épaules :

— Voici trois fois déjà que vous m'abordez
pour me répéter les mêmes paroles, dit-elle avec
un calme étrange. Si j'étais une demoiselle,
vous n'oseriez-pas ! Serait-ce que vous attaquez
seulement ceux qui ne peuvent se défendre ?
Courage de gentilhomme !

— Prends garde !

— Je n'ai pas peur.

— Je te châtierai !

— Frappez !

— Mais ne comprends-tu pas que je puis...

Claudine fit tournoyer son gros bâton de bergère, le brandit et menaça le seigneur, en disant :

— Approchez donc !

Il ne répondit pas, et pâle, tremblant, il recula peu à peu, sauta la haie, se jeta dans le chemin et disparut.

Claudine entonna de sa voix fraîche le trentième couplet de sa chanson :

Jonna cort vouaîda la panire.

II

LA FERME

Des châtaigniers plusieurs fois séculaires formaient un dôme de verdure au-dessus de la ferme des Chevrier ; leurs feuilles ciselées jonchaient le chaume grisâtre où la mousse dessinait des arabesques capricieuses ; à leurs troncs rugueux, éventrés, s'enroulaient les lianes souples de la viorne et les guirlandes du liseron. Des touffes de capillaires, aux brindilles finement découpées, croissaient sur les murailles de la chaumière, faite de grosses pierres non crépies, et des lichens d'un blanc verdâtre tachetaient les planches brunes qui fermaient la grange et le grenier.

Un courtil planté de légumes, ceint d'une haie de groseilliers ; un verger, clos de noisettiers et plein d'arbres à fruits, accostaient la maison devant laquelle s'étendait une petite cour, encombrée d'instruments aratoires, de tas de fascines, et aussi de plusieurs pyramides de fumier sur lequel picorait toute une tribu de poules.

Luxe inusité, il y avait des vitres aux quatre fenêtres étroites qui s'ouvraient sur la façade, et au-dessus de la porte simplement close par un loquet de bois, on voyait dans une niche parée de fleurs une statuette de la vierge éthiopienne de Myans, tenant son divin Fils dans ses bras.

Cette riante demeure, sertie dans le feuillage,

16

comme un bloc d'agate dans un cercle d'émeraudes, était située sur la pente de la colline, à cent pas de l'église de Marcellaz, qu'on voyait se profiler sur le bleu du ciel, avec ses murs blancs, son clocher svelte, et les vitraux de ses verrières, nacrés, moirés de lumière aux rayons du soleil couchant.

Il y avait, éparses autour du temple, quelques habitations rustiques, ombragées de pommiers, garnies de treilles, et plus loin le presbytère dont le toit d'ardoises dominait les grandes croix noires que les orages avaient laissées debout dans le cimetière.

Au-delà, dans la vallée, sur les bords du Fier, mugissant au fond du lit profond qu'il s'est creusé dans la roche, se dressait le manoir d'Hauteville, antique débris des siècles passés, énorme cube de pierre rousse que surmontait une tour unique, carrée, à plate-forme entourée de créneaux. Au-dessus, émergeait des bois touffus le clocher de Saint-Eusèbe, avec sa flèche pointue.

Et tout autour, dans la vallée, des châteaux couronnant des éminences gazonnées, Chava-roche, Crète, puis là-haut sur la montagne, l'énorme donjon de Montrotier ; des hameaux, des villages, et partout une végétation luxu-riante, envahissant la plaine et les monts, ar-bustes se groupant en bosquets, haies fleuries se déroulant en méandres, broussailles grim-pant aux rochers, lierre se suspendant en fraî-ches draperies sur le granit, herbe drue tapis-sant le sol.

Quel admirable paysage, auquel il n'a man-qué, pour l'illustrer, qu'un Claude Lorain ou plutôt un Salvator Rosa, le peintre des sites grandioses !

Mais Claudine, qui traversait la vallée pour rentrer au logis, poussant devant elle ses bêtes et faisant sonner son bâton sur les cailloux du chemin, Claudine ne prenait point garde à ces magnificences de la nature : elle ne savait même pas que cela fut beau.

La poésie, quoi qu'en aient dit les poètes, n'est point innée chez les montagnards, et le mystérieux attrait que la patrie a pour eux est rarement justifié par l'intelligence des poétiques splendeurs de l'œuvre divine.

Ce qui est beau pour eux, c'est un pays bien cultivé et payant d'un bon salaire le dur travail du laboureur.

Et ces pittoresques entassements de roches, ces variétés infinies de plantes colorées des mille nuances du vert, n'offrent à leurs yeux qu'un spectacle vulgaire.

Claudine, aussi, n'était ni rêveuse ni triste.

Elle ne s'inquiétait guère de son aventure avec le seigneur de Montfaucon ; elle avait assez confiance en elle-même pour être sûre de résister, et d'ailleurs elle était trop ignorante du mal pour bien comprendre le danger qui la menaçait.

Elle n'éprouvait donc aucune crainte ; nulle pensée pénible n'altérait la sérénité de son âme, et même elle ne songeait point à révéler à sa mère ce qui s'était passé entre elle et Mont-faucon.

En arrivant à la ferme, elle conduisit son troupeau à l'étable. Un jeune pâtour venait d'y ramener les vaches qu'il avait menées paître de l'autre côté de la rivière.

Il s'approcha de la jeune fille, souriant avec un certain embarras, et lui tendit une petite boîte qu'il cachait dans sa main :

— Claudine, dit-il, notre seigneur que j'ai rencontré au pont du Fier, et qui était bien en colère, ma foi ! m'a donné ce beau joyau pour vous le remettre.

Claudine fronça le sourcil ; elle ne prit point la boîte, et répondit d'un ton sévère :

16*

— Fillot, tu reporteras demain cet objet au manoir : il n'y a rien de commun entre M. Noël et moi, et si tu te charges de pareilles commissions une autre fois, petit, je te renverrai à ta mère-grand.

Puis elle caressa les vaches à la robe luisante, qui tournaient vers elle leurs grands yeux doux : elle prépara la litière, mit du foin dans les crèches, parqua ses brebis dans leur coin barricadé de palissades, chassa les poules qui piaillaient, et sortit pour aller prendre sa seille à traire le lait.

Malgré elle maintenant, elle pensait à Montfaucon et se sentait offensée. Elle ne regrettait point de n'avoir pas regardé le bijou, une croix d'or peut-être, ou bien des pendants d'oreilles aussi jolis que ceux de Modeste, la fille du syndic ?

Elle n'avait rien demandé à ce gentilhomme, pourquoi voulait-il l'obliger à recevoir un pré-

sent ? Elle en fut irritée, et se résolut alors à se
prémunir contre une entreprise dont elle soup-
çonnait vaguement le péril, en avouant à ses
parents la vérité. Mais oserait-elle ? N'était-ce
point une faute que d'avoir écouté les paroles
dorées de ce jeune seigneur, quand elle aurait
dû céder la place et s'enfuir ?

Voilà ce qu'elle se disait, en pressant de ses
mains nerveuses les mamelles roses de sa belle
vache Brunette, au poil velouté. Le lait, écumeux, blanc, jaillissait dans la seille, l'emplissant d'une mousse brillante exhalant avec une
légère fumée, une senteur pénétrante.

Sa mère, la Michelle, arriva sur ces entrefaites, portant sur l'épaule une lourde botte
d'herbages, et peu après, le père Zénon rejoi-
gnit les femmes qui étaient sorties de l'étable
et échangeaient quelques propos, en mettant
un peu d'ordre dans la cour.

Les laboureurs et les servantes étaient déjà

dans la ferme, les uns assis à l'entour de la cheminée, quoique l'automne fût doux et que l'on n'eût pas encore vendangé les vignes ; les autres couraient çà et là et se querellaient pour se délasser des fatigues de la journée.

La nuit vint ; on alluma les *cruejus* et bientôt toute la maisonnée fut réunie dans la cuisine qui servait de salle de réception et aussi de chambre de parade.

Il y avait une lavandière, qui empilait du linge dans un grand baquet, sous un sac de cendre ; deux grosses filles des Bornes, faucheuses, glaneuses, de leur état, puis la vieille Gothon, la fileuse, et la vachère ; les hommes comptaient parmi eux le batteur en grange, le toucheur de bœufs, le pâtour et deux garçons de labour qui se transformaient, suivant la saison, en garde-chasse, en garde-vignes, en garde-pêche.

Tous ces gens étaient fort joyeux, le père

Zénon aimant à rire et la bonne Michelle ne regardant pas à quelques brocs de vin de plus ou de moins.

Celle-ci mit dans la marmite un quartier de jambon, avec des choux et des raves ; le fermier descendit à la cave, nanti de deux grands vases d'étain ; le pâtour tira son couteau et se mit à tailler un morceau de frêne ; les autres contemplèrent les langues bleues et rouges de la flamme qui léchaient les parois du chaudron, noires de suie.

Claudine prit sa quenouille et tourna lestement le fuseau au bout de ses doigts. Les autres femmes vaquaient aux soins du ménage, dressant le couvert sur la longue table de chêne, râpant le fromage pour la soupe, essuyant les vastes écuelles de terre rouge et les gobelets de fer-blanc frais étamés.

Une abondante lumière éclairait la pièce, large et carrée, très basse et dont le plafond

était formé de solives dessinant des chevrons
sur un fond blanchâtre. Aux murs pendaient des
casseroles : un dressoir chargé de faïence et un
buffet à panneaux taillés en biseau occupaient
les places d'honneur.

Quand on se fut attablé, cuillère en main,
tous les regards braqués sur la savoureuse pitance qui fumait dans les écuelles, Zénon
Chevrier ôta son bonnet de laine et dit le *Bene-
dicite*, après quoi les convives s'assirent.

Le père de famille occupait le haut-bout. Il
avait à sa droite une place vide, à sa gauche
Claudine. La mère servait les serviteurs, qui
avaient bien gagné leur nourriture.

Avant que le repas eût commencé, la porte
s'ouvrit et un nouveau personnage fit son apparition : une vieille femme, très-vieille, au
chef branlant. Sa peau tannée se creusait en
mille rides profondes sur son visage, illuminé
par le feu d'un regard ardent qui s'échappait

de ses yeux clairs, limpides encore ; sa bouche
édentée grimaçait un sourire qui, certes, n'exer-
çait aucune attraction, mais qui exprimait
une si réelle humilité, une bonté si sincère,
qu'il ne déplaisait aucunement ; des sourcils
buissonneux, emmêlés, d'un blanc de neige
comme les cheveux tordus en nattes volumi-
neuses, un front hautain, des joues flasques,
un nez en bec d'oiseau de proie, mais d'une
grande pureté de lignes, achevait la composi-
tion de cette figure, à la fois majestueuse, terrible et grotesque : on eût dit la Sibylle de
Cumes, ou la Pythonisse d'Endor, précipitée de
son trépied.

Cette créature étrange, courbée en deux,
les épaules voûtées, les bras pendants, chance-
lante, était couverte d'un amas de loques sans
forme et qui, à les peindre, eussent épuisé la
plus riche palette du plus coloriste des fla-
mands.

Elle se drapait fièrement dans ses haillons ; des sabots de bois chaussaient ses pieds nus ; une coiffe de toile bise, tuyautée cachait à demi ses cheveux. Elle tenait à la main un chapelet à gros grains.

— Voilà Colette, dirent les garçons

— Dieu soit avec vous et vous bénisse ! prononça la vieille mendiante d'une voix forte. Zénon, tu m'as gardé une place à ton côté, mon fils, merci. J'ai faim et j'ai soif.

Elle alla en effet se mettre à la droite du paysan, qui se leva pour la saluer : elle fit gravement le signe de la croix, puis attirant à elle l'escabeau, elle s'assit, et plongea la cuillère dans son écuelle.

— Colette, est-ce qu'il y a du nouveau ? demanda la Michelle d'un ton anxieux.

— Du nouveau ? non. Le monde marche aujourd'hui comme il marchait hier ; il y a des riches qui foulent les pauvres, et des pauvres qui font l'aumône aux riches. Le monde ne change pas. La colombe est sans cesse poursuivie par le vautour : aucunes fois l'oiselet est fasciné par l'aigle, et malheur à celui que la serre du faucon étreint !...

Elle jeta un regard furtif sur Claudine que ces paroles singulières avaient fait rougir et tressaillir.

— Avez-vous fait beaucoup de chemin aujourd'hui, Colette? demanda Zenon Chevrier sans autrement prêter attention aux phrases sentencieuses de la pauvresse, car elle affectionnait ce langage mystérieux et l'on y était assez accoutumé pour ne s'en point émouvoir.

— J'ai fait plus de chemin par l'esprit que mon corps n'en eût pu faire. Cependant je suis allée au-delà de la rivière, sous les murs du manoir.

— Ah! vous avez donc mangé, ce matin le pain du seigneur?

17

— Mes dents s'y seraient ébréchées, s'il me restait des dents ! Le pain du seigneur est trop dur et je n'en veux pas... Les valets aux livrées rouges chamarrés de galons et d'aiguillettes, ont raillé, une fois de plus, ma défroque misérable. Naguère, je franchissais tête haute le seuil du castel. Montfaucon est un oiseau de proie, je ne suis pas une tourterelle, mais... D'ailleurs que vous importe ?

— Vous n'aimez pas M. Noël, dit Zénon d'un air contrarié, et laissant percer une sorte de courroux. C'est un enfant frivole, mais d'un bon cœur.

La mendiante, d'un geste farouche, repoussa son verre, que la ménagère venait d'emplir d'un joli vin clairet, et d'une voix sombre elle dit :

— Tu es aveugle, toi aussi, mon fils Zénon ! Demande à ta fille Claudine si elle pense que Montfaucon a bon cœur ?

Tous les yeux se tournèrent vers la jeune fille, qui pâlit un peu.

Le père Chevrier, mortifié outre mesure, leva les épaules ; sa femme, plus avisée, étant mère, darda un regard scrutateur sur Claudine, qui baissait la tête :

— Mon enfant, dit la paysanne avec effusion, explique-nous ce que veut dire Colette. Je ne comprends pas.

La voix vibrante de Colette retentit avec une intonation de raillerie amère ; elle poursuivait :

— Demande à ta fille si elle croit que Montfaucon a le cœur pur ? Et sois heureuse d'avoir une telle fille, Michelle. Si elle n'était pas l'ange que Dieu l'a faite, elle eût écouté le démon !...

Il y eut dans toute l'assemblée un mouvement d'horreur suivi d'un sourd murmure.

Les servantes échangeaient des regards épouvantés ; les garçons faisaient des mines sour-

noises ; le fermier, le front rembruni, examinait, avec une surprise effrayée, les joues
pâles et les yeux humides de larmes de Claudine qui, seulement alors, éprouvait les vives
impressions que la scène avec Noël eût dû
provoquer plus tôt.

La mère se leva et vint prendre entre ses
deux mains le front pur de sa fille qu'elle couvrit de baisers passionnés.

— Si Montfaucon a fait cela, dit enfin Zénon
Chevrier d'une voix grave, il a eu tort et je
le blâme !... Nous ne sommes que des paysans,
mais nous aussi, nous avons droit au respect.
Le gentilhomme déroge, alors qu'il humilie son
vassal, et s'il méprise la noblesse du cœur,
il cesse lui-même d'être noble... Ah ! M. de
de Montfaucon le père renierait son fils !...

— Calmez-vous, mon mari, dit la Michelle.
Il ne faut pas voir les choses au pire ! Il y a
peut-être en Montfaucon plus d'étourderie que

de malice, et vous savez qu'on peut se fier à
à la sagesse de l'enfant.

— N'importe! je parlerai demain au curé.

Un des garçons prit la parole. Il était fort
pâle, et de grosses larmes perlaient sous ses
paupières.

— Maître, dit-il, quand le loup attaque la
brebis, c'est avec la fourche qu'on poursuit le
loup. Que Claudine parle, et vos fléaux auront
bien vite raison...

— La colère t'égare, Jean, s'écria vivement
Zénon.

— Ce n'est pas la colère ! murmura la Michelle.

Le voix sonore de la mendiante s'éleva ; elle
disait :

— Soyez miséricordieux, et soyez justes, et
surtout soyez prudents. L'autre nuit, longtemps
après l'*Angelus* sonné, je passai au pré Vers
Praille, et je vis un mort, couché sur l'herbe,

dans son linceul et quand je fus plus près, il n'y avait rien, sur l'herbe, qu'une vapeur insaisissable... Ce soir en venant ici, j'ai tourné la tête du côté du manoir d'Hauteville ; il y avait de grandes traînées d'ombres grises dans le ciel, et, au sommet de la tour, une lumière ardente qui affleurait les créneaux... Et j'ai entendu un cri lamentable, puis le ciel est redevenu noir, et la flamme s'est éteinte. Un malheur menace Montfaucon, et notre village verra bientôt le scandale... Je vous le dis en vérité, Zénon, Michelle, Claudine, prenez garde et priez !

Elle se tut, épuisée, à bout de force, et prenant son bâton, elle s'en alla sans dire un mot de plus.

Ce soir-là, sous le toit des Chevrier, la veillée ne fut pas joyeuse ; le lin que filait Claudine se cassait à chaque instant sous ses doigts. Sa mère, les mains jointes, balbutiait les psaumes de la pénitence, et le vieux Zénon regardait souvent, d'un œil atone, la place où s'était assise Colette la pauvresse.

Les fillettes chuchotaient, les garçons ne riaient pas de leur rire franc et bruyant. Le feu vacillait, dans la caverne profonde de la cheminée. On n'alla point chercher à la cave le broc de vin blanc et quand l'heure du coucher fut venue, un soupir de soulagement s'échappa de toutes les poitrines.

Zénon se mit à genoux, tête nue, et dit à haute voix la prière, selon l'usage. Mais il la commença par l'oraison qui, d'ordinaire, la termine :

« Comme je ne sais pas, ô mon Dieu, ce qu m'arrivera cette nuit, et que je demeurerai toute l'éternité dans l'état où je me serai trouvé à l'heure de ma mort, je déteste de nouveau tout ce qui a pu vous déplaire en moi. Je pardonne de bon cœur à ceux qui m'ont offensé, je de mande pardon à ceux que j'ai offensés.....

III

L'ÉGLISE

La cloche sonnait à la volée, envoyant dans l'espace l'harmonieuse et grave mélodie de l'airain.

Un gai soleil diaprait de sa lumière dorée les murailles blanches de l'église et couvrait d'étincelles chatoyantes les vitraux encadrés de filets de plomb.

Les ardoises bleues du toit miroitaient, et les

cimes touffues des arbres se nuançaient des teintes les plus brillantes du vert.

Devant le porche du modeste temple, une foule recueillie était assemblée. La messe de la paroisse allait commencer et tous les habitants du joli village de Marcellaz accouraient à l'office divin, parés de leurs plus beaux atours.

Il y avait là Zénon Chevrier, la Michelle, et leur fille Claudine, et leur garçon Jean, et tous les gens de la ferme enrubanés et pimpants.

La mendiante Colette se tenait à la porte, se redressant dans sa haute taille, majestueuse sous ses haillons, et tendait la main pour demander l'aumône avec l'attitude fière d'une princesse détrônée, et comme si, la recevant, elle eût fait honneur à qui lui donnait l'aumône.

Le seigneur de Montfaucon ne parut pas.

Depuis longtemps son banc, à l'église, restait

17*

désert, et de mémoire d'homme on n'avait vu,
à Marcellaz, un noble si peu soucieux de ses
devoirs de chrétien.

Dès que la cloche eut cessé de sonner,
on pénétra dans le temple, et chacun prit sa
place.

Claudine, suivant son père et sa mère, alla
s'agenouiller au premier rang, tout auprès de
la balustrade du chœur.

Elle fut alors baignée dans les clartés arden-
tes qui ruissel aient des vitraux et dessinaient
sur les colonnes rondes et les pans de muraille
des arabesques transparentes, rouges, violettes,
azurées ; les cadres noirs des stations de la
Via Crucis luisaient ; les dorures de l'autel, les
hauts flambeaux massifs, rayonnaient ; les statues polychrômes, naïves images debout sur des
socles de plâtre, semblaient animées d'une vie
singulière.

Dans les coins, les confessionnaux montraient

leur architecture lourde et trapue ; sous la tribune, on voyait une grande cuve en pierre, avec un couvercle en forme de pyramide, le pauvre baptistère du village.

Les cierges furent allumés, et l'odeur fade de la cire se mêla aux senteurs pénétrantes des fleurs qui ornaient l'autel.

La clochette de l'enfant de chœur retentit. Le curé sortit de la sacristie, la chasuble de damas à croix d'argent le couvrant de ses plis roides, le manipule au bras, et portant entre ses mains le saint calice caché sous son voile.

Messire Jude de Plauchamps, curé de Marcellaz n'était point un vieillard couronné d'une auréole de cheveux blancs, mais un jeune homme dans la force de l'âge, au visage doux et austère.

Le regard clair et vif de ses yeux d'un bleu de turquoise exprimait en même temps qu'une indicible bonté, une grande pénétration, une dignité sans morgue, et surtout la force absolue

de la volonté. Ses lèvres souriaient aux vieillards
et aux petits enfants.

Le sceau de l'intelligence marquait son front
puissant entouré d'un cercle de cheveux blonds,
semblable à la *couronne* d'un Bénédictin.

En ce moment, il était comme ravi en extase,
sa tête se penchait sur sa poitrine, et ses yeux
ne quittaient pas le fardeau précieux et léger
que soutenaient ses mains.

Il monta à l'autel, disposa toutes choses,
redescendit les trois degrés et commença l'auguste sacrifice.

Un silence solennel régnait dans la nef. A
peine percevait-on un murmure insaisissable, le
mouvement de tous ces fidèles qui prient ; de
temps à autre, la voix du prêtre, qu'il élevait
dans un transport de piété, puis la voix claire de
l'enfant bredouillant les répons.

Claudine était absorbée dans une muette
contemplation.

Soudain les chantres entonnèrent le *Kyrie-Eleison*. Certes, ces braves paysans, pour qui bien chanter c'est crier le plus fort qu'on peut, n'étaient point des artistes, et leur chœur ne se pouvait comparer à la chapelle des princes d'Allemagne.

Mais les chants sacrés sont d'une beauté si grandiose et d'un effet si puissant, même sur la multitude ignorante, que la vulgarité des voix en atténue à peine l'expression.

Claudine était émue.

L'impression inexprimable que font sur nos esprits les bois, les chants, la poésie de la nature et qu'elle ne ressentait point, les chants religieux la produisaient sur son cœur ; cette langue qu'elle ne comprenait pas, ces accords majestueux, lents, cadencés longuement, la jetaient dans un trouble délicieux.

Elle priait avec ferveur, et il lui semblait voir, à travers les nuages de l'encens, la figure de la

Vierge lui sourire, et les ailes des chérubins s'agiter et Dieu le Père étendre sa main sur elle comme pour la protéger.

Elle palpitait, aux accents mâles et vibrants du prêtre lisant l'Evangile, et quand tout à coup le silence se fit et qu'elle vit le célébrant dépouiller sa chasuble pour monter en chaire, il lui sembla qu'elle sortait d'un rêve.

Le cure fit le prône, puis il développa en quelques mots ce texte :

Venez à moi, vous qui pleurez, je vous consolerai.

Il fut éloquent, montrant un cœur affamé de charité, débordant de tendresse pour les affligés, pénétré d'amour pour les âmes dont il avait charge. On l'écoutait sans oser respirer trop fort.

Quand il eut achevé et qu'il fut revenu à l'autel, le chœur éclata, psalmodiant le *Credo*, ce symbole complet de la foi catholique.

La messe terminée, la famille Chevrier suivit

la foule qui sortait, non sans quelque tumulte, du lieu saint.

Que devint Claudine, lorsqu'elle vit, debout sous la tribune, à côté du bénitier, Noël de Montfaucon, un sourire dédaigneux aux lèvres, faisant peser sur tous ces paysans un regard méprisant et dur ?

Paré d'un somptueux habit de cour, chargé de broderies, l'épée à coquille d'or en verrouil, le chapeau empanaché sous le bras, il avait si fière mine, il était si séduisant, si fier, si beau que tous ces gens, ébahis, s'arrêtaient à le contempler.

Claudine se mit entre son père et sa mère et s'avança, gracieuse, tranquille, sans baisser la tête ni fermer les yeux.

Son regard se croisa avec celui du jeune comte. Elle ne fut point éblouie.

Zénon Chevrier fronçait le sourcil ; la Michelle tremblait.

Noël mouilla dans le bénitier le bout de ses doigts, et s'inclinant avec courtoisie, offrit l'eau bénite à Claudine. Elle recula un peu sans toucher la main du gentilhomme, en disant d'une voix nette :

— Merci, Monseigneur !

Déjà Zénon s'était approché du bénitier, et ce fut lui qui présenta, d'abord à sa femme, à sa fille ensuite, l'eau sainte.

Elles se signèrent en fléchissant le genou et s'éloignèrent d'un pas rapide.

Montfaucon, pâle de colère, déconcerté, n'osa les suivre.

Cette petite scène fut remarquée et commentée aussitôt, comme bien on pense. Au village, les moindres incidents sont matière à commérages.

En sortant de l'église, Claudine se dirigea vers le presbytère.

L'abbé de Planchamps était curé de Marcellaz

depuis dix ans, et son inépuisable charité, ses manières affables, sa cordialité sincère, en avaient fait l'idole de ses paroissiens.

Il n'était point une âme héroïque, et qu'eût-il fait de l'héroïsme, au sein de ces créatures bonnes, probes et dévouées qu'il aimait et dont il était aimé, dans ces montagnes où l'homme n'a de lutte à soutenir que contre la nature, où le prêtre n'a que lui-même à combattre?

C'était une âme tendre, angélique, d'une adorable simplicité, d'une piété infinie, d'une pureté immaculée et qui n'eût jamais soupçonné le mal, s'il ne l'eût fallu pour lier ou délier, suivant la parole du Maître.

Le curé, dans ces pays si différents de ceux que la civilisation raffinée de notre temps a corrompus, est le souverain conseiller de la famille, le tuteur de tous les enfants, l'ami de tout le monde, le médecin, l'avocat et le juge.

Il vit pauvrement, seul, avec sa servante et

son chien. Il accomplit tous ses devoirs avec passion ; il occupe ses loisirs, bien rares et bien courts, par l'étude. Tel était l'abbé de Plan-champs et ainsi faisait-il.

Claudine l'attendit en se promenant sous la treille du jardinet de la cure.

Les pampres tournés en vrilles, aux feuilles cramoisies ou d'un jaune crémeux à fibrilles rouges, s'amoncelaient sur les poutrelles de vieux bois vermoulu, et les raisins pendaient, grappes de perles transparentes, d'un gris rosé ou d'un violet nacré, sous leur ombre protec-trice. Des rosiers aux fleurs effeuillées s'ali-gnaient aux deux côtés de l'allée, et plus loin s'étendaient les carrés de légumes verdoyants, exhalant une odeur subtile.

Le chien du curé gambadait autour de Clau-dine, se ruait éperdûment sur les mouches, aboyait aux oiseaux qui babillaient, revenait à elle, puis détalait pour revenir encore.

Et là-bas, dans la cuisine aux cuivres étince-
lants, la servante Marie-Louise se démenait
devant son fourneau, préparant à grand bruit la
maigre pitance de son maître, et remuant avec
sa *pauche* de bois, la soupe des pauvres qui
cuisait dans une marmite pansue.

M. de Planchamps ne tarda pas à rejoindre
Claudine. Elle vint à lui et le salua avec un
affectueux respect. Il s'arrêta à l'orée de la
treille, et sans autre préambule :

— Eh bien ! Claudine ? demanda-t-il.

Marie-Louise passait et repassait devant la
fenêtre ouverte, non qu'elle fût curieuse ; mais
que ferait de ses yeux, de ses oreilles et de sa
langue une servante de curé, alerte et accorte,
claquemurée dans un presbytère campagnard,
si elle ne s'appliquait à voir tout, à tout entendre et à conter ce qu'elle a vu, ce qu'elle a entendu ?

Claudine, un peu intimidée, répondit :

— Monsieur le curé, j'ai besoin d'un conseil.

— Je vous le donnerai volontiers, mon enfant.
Parlez.

Elle hésita. Ses paupières, malgré elle, s'a-
baissèrent lentement sur ses beaux yeux, et son
cœur battit, agitant le blanc fichu de toile qui
se croisait sur la poitrine de la bergère.

— C'est bien difficile à dire ! murmura-t-elle.

Le prêtre sourit avec mansuétude :

— Ah ! venez-vous me demander de publier
des bans ?... dit-il d'une voix joyeuse et d'un
ton narquois.

Claudine rougit, non point du sens qu'elle
attribuait à cette question, mais de la conscience
qu'elle avait de son étrange situation :

— Monsieur le curé, demanda-t-elle, est-ce un
péché que d'aimer un homme qui est de beaucoup votre supérieur, et de l'écouter avec plaisir ?

Le visage du curé se rembrunit :

— Claudine, il ne faut mie parler par paraboles, dit-il sévèrement. Vous n'avez rien à me cacher, que je sache. L'affection, soumise aux sentiments religieux, que l'on éprouve pour un fiancé, n'est pas un péché, mais une vertu. Est-ce que vous voulez vous marier, Claudine? Alors pourquoi votre père et votre mère ne vous ont-ils pas accompagnée?

La jeune fille subit humblement ces reproches. Son trouble s'évanouit, ses traits se rassérénèrent, et ce fut d'une voix ferme qu'elle répondit :

— On m'a demandée en mariage, mais j'ai refusé.

— Sans consulter personne?

— Sans consulter personne. Je ne crois pas que celui qui me recherchait fût sincère, et je l'ai repoussé, sans comprendre alors ce qu'il voulait de moi ; mais depuis, j'ai compris.

— Quoi! il s'est trouvé parmi mes ouailles un

loup ravisseur pour attaquer une brebis sans défense?...

— Monsieur le curé, il me promettait des merveilles...

— Ah! dites-moi son nom, Claudine!

— C'est monsieur Noël!

— Montfaucon?

— Le comte de Montfaucon de Rogles, seigneur d'Hauteville.

— Malheureuse enfant! Et tu l'as écouté? Et tu n'as pas fui?

— Je lui ai dit qu'il n'est pas d'un gentilhomme de tromper une pauvre fille ignorante, et que je n'étais pas folle à ce point que d'ambitionner un rang auquel la Providence ne m'a pas destinée!

— Ah! Claudine, que je suis heureux d'entendre ces paroles de votre bouche. Non, le comte Noël n'épouserait point une paysanne, et le pire malheur, pour elle, serait qu'il l'épousât!

Le comte Noël est indigne du noble nom qu'il porte, et ses pairs s'écartent de lui, parce que, l'écu sans tache de sa maison, il le souille à plaisir. Mais ceci vous importe peu, ma fille. Et qu'a dit Montfaucon ?

— Il ne renonce point à ses desseins contre sa vassale, Monsieur le curé. Il m'a menacée. Hélas !

— Infamie ! Naguère une enfant comme vous, à seize ans, seule, pouvait traverser la Savoie, une bourse pleine d'or dans chaque main, et ne rien craindre. Ceux qui portaient l'épée, alors, protégeaient les faibles ! Dites-moi tout, Claudine.

Elle fit le récit de ce qui s'était passé la veille, avec une simplicité, une candeur, qui, plus d'une fois, amenèrent un sourire sur les lèvres du ministre de Dieu. Parfois aussi la douleur, l'indignation, le courroux se peignirent sur son doux visage. Il écouta patiemment, sans interrompre.

Marie-Louise tendait vainement l'oreille, elle
ne pouvait rien entendre. Elle s'en vengea sur
le chat, qu'elle mit à la porte, et sur un certain
ragoût de fèves, qu'elle laissa brûler un tanti-
net.

Les paysans, réunis par groupe sur l'esplanade de l'église, voyaient de loin, par dessus la
haie, Claudine debout devant le curé, modeste
et jolie avec sa robe de futaine et son escophion
de toile blanche fixé sur ses cheveux blonds
par une épingle d'argent.

Ils devisaient des affaires de la commune,
gravement, tandis que les ménagères disser-
taient de lessives, de pâturages, non sans médire un peu du tiers et du quart.

Les enfants s'ébattaient sur l'herbe, en criant,
et les jeunes gens vaquaient aux préparatifs
des réjouissances qui devaient, suivant la coutume, commencer après vêpres. Les uns dispo-
saient le tonneau qui servirait de piédestal au

ménétrier ; les autres ratissaient le terrain, par-
quet rustique de la salle de bal, ou enguirlan-
daient de fleurs les châtaigniers.

Noël de Montfaucon, seul, au bas du clocher,
s'accoudait sur le mur à hauteur d'appui qui
entourait le cimetière. Il tournait le dos à l'immense dalle de granit, posée debout, qui recou-
vrait la tombe de sa mère, et il gardait son
chapeau sur la tête, dans cette enceinte sacrée
où il foulait la poussière de vingt générations.

Il contemplait Claudine, émue et palpitante,
et le curé, pâle, sombre, qui l'écoutait, les
bras croisés, immobile et comme pétrifié. Il
devinait qu'il s'agissait de lui, là-bas, et que
l'enfant, sans force contre le seigneur dont ses
parents étaient les vassaux, implorait la protection du seul pouvoir qui pût la défendre
efficacement, et venait droit à celui dont l'autorité n'était jamais méconnue impunément.

Lorsque Claudine eut achevé, l'abbé de Plan-

18

champs garda un moment le silence, puis il reprit :

— Mon enfant, vous avez agi avec sagesse, mais non avec prudence. Vous avez exaspéré M. de Montfaucon, et les gens de son caractère sont ainsi faits, que les obstacles, au lieu de les arrêter, irritent leur volonté et en redoublent l'énergie. Vous avez désormais tout à craindre de ce jeune homme. Evitez-le. Restez à la maison, auprès de votre mère, et ne retournez pas aux champs. Oui, Montfaucon est votre ennemi : Pardonnez-lui.

— J'ai prié pour lui, hier, à la nuit tombée.

— Vous ne le haïssez donc pas ?

— Moi ? non, monsieur le curé.

— Oh ! dit le curé, épouvanté.

Claudine poursuivit, avec mélancolie :

— Je ne le hais pas et je suis forcée de le mépriser. S'il eût été un paysan, comme je suis une paysanne, je n'aurais pas voulu d'autre mari que lui. Mais il est un seigneur, et j'ai mesuré la profondeur de l'abîme qui nous sépare. Je le verrais se tordre dans l'agonie à mes pieds, que je ne lui dirais pas : « Relevez-vous ! » Ah ! monsieur le curé, n'ayez pas peur pour moi...

— Claudine, interrompit M. de Planchamps, vous direz à vos parents de venir me voir aujourd'hui même. Je vous défends de rester sur l'esplanade après vêpres. Vous viendrez ici et vous tiendrez compagnie à Marie-Louise.

La servante s'élança hors de la maison et accourut, essoufflée :

— Monsieur le curé m'a appelée ? demanda-t-elle ardemment.

Le prêtre ne put s'empêcher de sourire :

— Non, dit-il. Mais qu'à cela ne tienne ; Marie-Louise, puisque vous voici, emmenez Claudine Chevrier à la cuisine et faites-la dîner avec vous. Et surtout ne déchirez pas votre prochain à belles dents !... Adieu, Claudine.

La jeune fille fit la révérence, et suivit la servante, enchantée de la bonne aubaine qui s'offrait à elle, que rien ne désespérait plus que de manger seule, comme une prisonnière en son cachot.

La cloche tinta neuf coups espacés trois par trois, puis sonna à toute volée. C'était l'*Angelus* de midi. Sur l'esplanade, tous les fronts se découvrirent, les jeux et les causeries furent interrompus.

Noël de Montfaucou traversa la place, à pas lents, les sourcils froncés, et ne daigna point répondre aux saluts de ces pauvres gens qui s'inclinaient sur son passage.

IV

L'OUTRAGE

Colette la mendiante, appuyée sur son bâton, errait lentement sur les bords escarpés du Fier, à deux portées de fusil du manoir d'Hauteville, lorsqu'au détour du chemin, elle rencontra tout à coup Noël de Montfaucon.

C'était sept ou huit jours après la scène de l'église, et depuis lors on n'avait point vu Claudine, accorte et gentille, aller de maison en maison dans le village, ou conduire au pâturage son troupeau de blanches brebis.

18*

Le jeune gentilhomme paraissait en proie à une sombre tristesse et à d'amères pensées. Un cercle violâtre cernait ses yeux, une pâleur jaune s'étendait sur son front, et la vermeille couleur de ses lèvres qu'ombrageait une moustache brune était devenue grise.

De cette martiale beauté dont il était si vaniteux, il ne restait que des traces, et les stigmates du vice, empreints sur son visage, provoquaient la répulsion. Noël souffrait moins d'espérance déçue que d'orgueil châtié.

Colette, en le voyant, s'arrêta court et lui dit, sans préambules :

— Vous marchez à votre perdition, Montfaucon !

Le comte, debout, les bras croisés sur sa poitrine, le front chargé de nuages, laissa tomber un regard de froid mépris et d'orgueilleuse indifférence sur cette vieille femme.

— Vous allez à votre perdition ! répéta celle-ci.

Elle redressait sa tête chenue et branlante ;
ses deux mains, appuyées sur le pommeau de
son bâton, tremblaient. Ses yeux gris distillaient
un regard méchant, et l'ironie, le sarcasme se
lisait dans son sourire.

Noël eut un léger mouvement d'effroi : ce recul,
ce frisson que provoquent l'apparition soudaine
d'une chouette perchée sur un cyprès, et le
hululement lointain et voilé des hiboux...

Ce fut cette pensée qui lui vint tout d'abord
à l'esprit, et la première parole qu'il prononça
fut :

— Orfraie !...

Mais le soleil brillait de tout son éclat, illumi-
nant la campagne splendide, diaprée d'or, de
pourpre et de vert, et ce n'est point lorsque le
ciel est bleu que se montrent les oiseaux, symboles du mauvais augure.

Colette reprit d'une voix grave :

— Ne m'outragez pas, Montfaucon !... Man-

quer de respect aux pauvres, cela porte malheur,...
et déjà vous êtes menacé.

— Laisse-moi passer, sorcière ! dit Noël avec
furie.

— Quand vous étiez tout petit, si beau avec
vos joues roses, vos cheveux fins comme les fils
de la Vierge, avec vos robes blanches, votre
mère vous prenait dans ses bras, et vous mettant
une pièce d'or dans la main, vous menait là-bas,
au bout du pont-levis où les pauvres attendaient...
Et là, elle vous disait, avec son sourire d'ange
et sa voix si douce : « Donne, petit enfant, à
tes frères en Jésus !... » Montfaucon, j'ai reçu
plus d'une fois l'aumône de vos mains...

Noël prit sa bourse dans sa poche et la jeta,
à la volée, devant la mendiante, sur la terre où
elle résonna avec un bruit argentin :

— Voilà une aumône royale, dit-il en riant,
prends et laisse-moi passer !

La vieille poussa la bourse dans le précipice

du bout de son bâton. Son visage exprimait une colère violente :

— Honte sur vous ! s'écria-t-elle.

Puis, d'un ton solennel, d'une voix lente, elle poursuivit :

— C'est un avertissement que je vous donne, Montfaucon : le premier et le dernier. Votre père était un homme juste et bon, loyal, un vrai seigneur de Savoie, dur aux forts, doux aux faibles... Votre mère était charitable, pieuse, une sainte... Vous, le démon vous a possédé dès le berceau, et vous n'êtes pas de la race de vos ancêtres... Vous offensez Dieu, qu'ils adoraient, vous opprimez vos vassaux, qu'ils protégeaient ; vous insultez les pauvres, qu'ils nourrissaient ; vous raillez les vieillards qu'ils honoraient... Vous êtes enfin aussi cruel, aussi menteur, aussi cupide, aussi avare, aussi lâche, aussi vil que tous ces nobles Montfaucon étaient humains, loyaux, généreux, vaillants, jaloux de leur hon-

eur. C'est moi qui vous le dis !.. Moi qui vous
ai vu naître, et qui ai connu le père de votre
grand-père..:

Noël écoutait, frappé de stupeur.

Etait-ce donc à lui, si riche et si puissant, que
parlait ainsi une misérable créature, qui avait
déjà les deux pieds dans la tombe, et qui dédaignait son aumône, le flagellant de son mépris ?

Quoi ! être le maître et ne pouvoir châtier
l'esclave audacieuse dont la bouche proférait de
telles paroles ? Il ressentait une indignation si
violente, un si ardent courroux qu'il ne possédait même plus la faculté de l'exprimer et qu'il
demeura d'abord morne, impassible, comme
pétrifié par l'énormité de l'injure.

Il blémit, un éclair fauve jaillit de ses yeux.

Ses doigts se portèrent à la poignée de son
couteau de chasse, dont la brillante lame sortit
du fourreau.

Colette le contemplait bravement, avec une sorte de moquerie hautaine :

— Vous assassinerez ! dit-elle d'un ton bref et sec, de cette voix sans vibrations qu'ont les malades en délire.

Noël, soudain, éclata de rire, et repoussa le couteau dans sa gaîne.

— Bonne femme, dit-il froidement, outre les vices dont tu m'accusais tout à l'heure, j'ai celui de n'être point patient. Tu as été hardie, et ta hardiesse te vaut d'être pardonnée par ton seigneur. Mais je pourrais me lasser... Va-t-en et laisse-moi aller à mon plaisir.

Colette se blottit contre le rocher qui bordait le chemin, et Noël passa, effrayé malgré lui du regard dont elle le couvrait.

Elle n'ajouta pas un mot, et lorsque Montfaucon eut disparu au prochain tournant, elle continua sa route sans détourner la tête.

Le même jour, au coucher du soleil, Claudine

traversait le champ nommé *Vers Prailles*, à quarante pas du village, lorsqu'elle se trouva face à face avec Noël de Montfaucon.

La jeune fille revenait de traire sa vache, qui paissait là-bas, dans la prairie.

Elle portait une grande seille pleine de lait, posée en équilibre sur la *torche* ou bourrelet de chiffons posé sur son bonnet de toile. Elle s'avançait d'un pas lent, les yeux baissés, et ressemblait, avec sa taille robuste et sa haute stature, drapée comme elle était dans sa robe de futaine rousse et son fichu bleu, à ces femmes de Nazareth qui reviennent de puiser l'eau à la fontaine.

Les arbres projetaient sur elle des ombres striées de lumière ; ses cheveux d'or bruni rutilaient et sa bouche, fraîche et purpurine comme une fleur de grenade, souriait.

Montfaucon, plus triste et plus sombre encore qu'au moment où il avait rencontré la mendiante Colette, le fusil en bandoulière sur l'épaule, était assis sur un tronc d'arbre couché au bord du chemin.

Il attendait, frémissant, en proie à une irritation sourde.

Quand il la vit venir, se redressant avec grâce, le bras recourbé au dessus de sa tête pour soutenir le vase de bois, se balançant un peu en marchant, et le poing gauche appuyé sur la hanche, il se leva et vint au devant d'elle :

— Claudine ! s'écria-t-il.

L'enfant tressaillit. La seille tomba ; le lait coula à flots écumeux sur le sol.

— Ah ! dit amèrement Noël, je vous ai fait peur, Claudine !

— Est-ce encore vous, Monseigneur ? murmura-t-elle en joignant les mains. Oh ! par pitié, laissez-moi !...

— Par pitié, Claudine, écoute-moi ! je t'en supplie, moi qui pourrais ordonner. Ecoute-moi un instant, une minute seulement... Tu ne sais

19

pas ce qu'on souffre, d'être chassé ainsi ! Ne
plus vous voir, ne plus entendre votre voix,
c'est un supplice que je ne puis endurer plus
longtemps. Ne voyez-vous pas que je meurs ?...
J'ai pleuré, et depuis mon enfance mes yeux
n'avaient pas versé une larme. J'ai prié, et
depuis mon adolescence, je n'avais proféré le
nom de Dieu que pour le blasphémer ?... Vous
demandez pitié ! Ayez donc compassion !...

Et tandis qu'il parlait, il avait saisi la main
de la jeune fille qu'il entraînait doucement vers
le tronc du platane abattu par le bûcheron,
ébranché, et qui s'allongeait, masse grisâtre,
entre le sentier poussiéreux et l'herbe fleu-
rie.

Le soleil avait disparu.

Des nuages s'entassaient dans le ciel d'un bleu
intense, formant d'immenses arabesques aux
formes étranges, aux tons de cinabre et de
chrôme, se déroulant en spirales fantastiques.

Peu à peu le jour s'affaiblissait, et le crépuscule assombrissait le ciel et la terre.

Le firmament se nuança de l'azur glauque des turquoises ; les nuages prirent une teinte rousse, brunirent, effacèrent leurs contours, s'étendirent, voilant l'horizon.

Un silence profond régnait.

Claudine émue, effrayée, suivit le jeune homme et s'assit auprès de lui sur le banc rustique. Elle frissonnait ; elle le considérait avec terreur, comme un innocent dans les limbes contemplerait l'ange déchu.

Ils furent longtemps sans se parler.

Une brise légère susurrait dans les branches et sifflait aux angles des rochers.

Là-bas, au revers de la colline, et dominant le ravin tortueux du Pin, le manoir d'Hauteville et sa tour féodale flamboyaient, illuminés de la base au faîte, comme si le seigneur eût donné, ce soir-là, une fête royale à ses pairs. Çà et là étincelait, semblable à un ver-luisant dans la mousse, la clarté rouge d'une lampe, aux carreaux verdâtres des chaumières.

Et sur la place du village, accoudés au mur du cimetière, les paysans discouraient bruyamment.

— Claudine, j'ai voulu vous revoir, dit enfin le comte de sa voix pénétrante aux accents de laquelle la pauvre enfant frémit. Je veux, je veux vous redire...

D'un brusque mouvement, elle arracha ses doigts à l'étreinte de Noël :

— Monsieur, votre volonté n'est pas la mienne, répondit-elle avec dignité. A quoi bon recommencer la scène de l'autre jour !... Je suis aujourd'hui moins ignorante, mais aussi je suis plus courageuse et j'ai plus de force. Vous m'honorez, dites-vous ? Prouvez-le.

— Ah ! Claudine, que faut-il faire ?

— Partir ! Votre place n'est pas ici, monsieur, tandis que vos amis se battent sur la frontière.

L'arme que je vois à votre côté, le prince ne
vous l'a pas donnée pour en faire parade. Au
lieu de vivre dans une honteuse oisiveté, allez
combattre en vaillant soldat ; vous y trouverez
moins de plaisir, mais plus de gloire !

— Et si je pars, garderez-vous mon souvenir ?
Et quand je reviendrai, consentirez-vous à devenir la châtelaine respectée du manoir de Hauteville ?

— Si vous partez, j'oublierai... Si vous reve-
nez, je n'aurai plus peur de vous rencontrer
par les chemins, car j'aurai un mari pour me
défendre, et faute d'épée, il s'armera d'un
épieu !

— Renoncer à vous ? Jamais ! Quoi ? vous m'a-
vouez ainsi, stupidement, que j'ai un rival pré-
féré, que le bonheur que vous me refusez vous
le livrez à un autre, qu'un paysan imbécile et
grossier sera votre époux tandis que Montfaucon
de Rogles n'aura pas su toucher votre cœur ?

Vous êtes folle, Claudine, de croire que je supporterai la seule pensée...

— Vous êtes un insensé de supposer que je vous obéirai ! interrompit-elle, en se levant. Sachez comprendre, Monsieur, que je suis à l'abri de vos mensonges et que j'ai, pour me défendre contre vous, un bouclier impénétrable et des armes que rien en ce monde ne peut émousser...

— Est-ce là le langage d'une paysanne ? murmura Noël avec ironie. Où donc l'avez-vous appris, la belle ?

— La paysanne a un cœur qui lui dicte ses paroles... Qui ressent profondément parle éloquemment, repartit Claudine, un peu confuse.

— Et quel bouclier ?

— La pureté, Monsieur le comte !

— Et quelles armes, petite fille ?

— La foi et la confiance en Dieu.

Elle se tut un moment, puis elle reprit, d'une voix mélodieuse et persuasive, avec un accent d'ineffable bonté :

— Permettez-moi de vous le répéter, Monseigneur, le rôle que vous jouez ici est indigne de vous. Avec votre nom illustre, votre blason sans tache, à votre âge, doué de tant de dons précieux, ce n'est pas ici que vous devez vivre, mais à l'armée, avec vos frères de noblesse, avec les amis de votre jeunesse. Là, seulement, vous remplirez votre mission. Nous autres paysans, nous payons à la patrie l'impôt de l'argent ; vous, les seigneurs, vous lui devez l'impôt du sang. Vous nous défendez, nous vous nourrissons ! Est-ce donc contre une fillette que doit lutter le dernier rejeton d'un si haut lignage ? Est-ce à mentir que vous devez employer votre esprit, et, à chasser, votre courage ?

— Ah ! Claudine je jure par l'honneur de mon nom...

— Prenez garde ! un serment est sacré, ne profanez pas...

— Nulle autre que vous ne sera mon épouse !

— Vous condamnez donc votre nom à périr ? Monsieur, je reste où Dieu m'a placée : je suis la fille de Zénon Chevrier, laboureur, et je n'épouserai point un homme qui aurait le droit de commander à mon père.

— Eh bien ! je commanderai : je suis le maître, s'écria Noël, fou de colère.

— Ah ! vous m'insultez ! dit-elle avec mépris.

Les poings levés il s'avançait vers elle, menaçant, terrible.

Claudine fit le signe de la croix ; puis, d'un bond, elle s'élança, et d'un geste rapide elle arracha de son fourreau le couteau qui pendait à la ceinture du comte.

Il s'arrêta stupéfait.

Alors, souriante, calme, elle brandit la large

lame, qui brilla dans la nuit, en prononçant d'une voix émue ces mots :

— Au premier pas que vous ferez, je vous tuerai.

— Soit ! J'aime mieux mourir.

Le son argentin d'une clochette retentit au loin, puis la cloche de l'église, à son tour, tinta un glas funèbre.

La nuit était venue, obscure, silencieuse.

Tout dormait dans le village.

Claudine voulut fuir. Noël épaula son fusil, et, la couchant en joue :

— A mon tour de menacer, dit-il froidement ; au premier pas que tu feras, Claudine, je tirerai !

Le tintement de l'airain se rapprochait peu à peu.

— Sauvée ! cria Claudine.

— Holà ! proféra une voix grave, que se passe-t-il donc ici ?

Noël se retourna, furieux, et se vit en présence du curé de Marcellaz, M. de Planchamps, revêtu du surplis et de l'étole, et portant suspendue au cou par un ruban, la pyxide où l'on met les saintes huiles de l'Extrême-Onction.

Un petit garçon l'accompagnait, soutenant d'une main une lanterne, de l'autre agitant la clochette.

Derrière eux venaient un vieillard, chapeau bas, et la mendiante Colette appuyée sur son bâton.

Ce groupe, éclairé par la lueur blafarde du falot, avait un aspect étrange ; les broderies d'or de l'étole chatoyaient sur les plis transparents du surplis et contrastaient avec les loques sordides de Colette ; les cheveux blancs du vieillard flottaient au vent ; les boucles blondes de l'enfant de chœur entouraient d'une auréole sa figure espiègle.

Le curé portait les derniers sacrements à un mourant et, vu l'heure tardive, n'avait pu réunir un cortège nombreux.

Il était donc parti avec ce petit clerc, ce vieil homme et cette mendiante, se souvenant de Celui qui preférait les pauvres et les humbles aux riches.

L'abbé de Planchamps renouvela d'un ton plus accentué sa question :

— Que se passe-t-il ici ?

V

LE SACRILÉGE

Claudine se précipita aux pieds du vénérable prêtre :

— Ah ! je comprends, reprit celui-ci. J'ai entendu des cris, un appel ! C'est donc vous qui avez crié, Claudine Chevrier ? Monsieur le comte de Montfaucon me ferez-vous l'honneur de m'expliquer...

— Monsieur, je n'ai pas de comptes à vous rendre, interrompit Noël avec hauteur.

— Je vous demande pardon. Je suis le pasteur

de ce village dont tous les habitants sont mes enfants ! Où le père de famille est absent, je remplace le père de famille...

Noël ne lui répondit que par un regard farouche.

— Et c'est un scandale que je ne puis tolérer, poursuivit le curé qui parlait avec une grande modération et d'un ton fort calme, que les odieuses obsessions dont cette jeune fille est l'objet, monsieur de Montfaucon ! Elle est libre, elle est honnête, et nul n'a le droit de lui imposer sa volonté. Claudine, mon enfant, partez ! Colette vous conduira jusqu'à votre demeure et nous aviserons, désormais, à ce que vous soyez respectée.

Noël alla se poster auprès de la jeune fille, et montrant d'un geste atroce, le fusil tout armé qu'il tenait, il dit :

— Si Claudine part, il y aura un mort ici tout à l'heure.

— Malheureux ! s'écria M. de Planchamps.

Colette murmura d'une voix solennelle, ces mots qui firent tressaillir tous les auditeurs :

— Il assassinera !... Je vois ses mains pleines de sang.

Le vieux paysan qui escortait le curé vint se placer entre lui et le seigneur, disant à son tour :

— Avant de tuer monsieur le curé, notre comte foulera aux pieds le cadavre de son père nourricier.

L'enfant de chœur examinait avec une curiosité mêlée d'effroi les différents personnages de ce drame. Il avait posé sa lanterne sur le tronc du plateau, et il élevait en l'air la clochette de bronze, prêt à sonner l'alarme.

Le curé, soucieux, interdit, cherchait le moyen de mettre un terme à cette scène abominable.

— Au nom du ciel ! dit-il en s'adressant à

Montfaucon, ne prolongez pas davantage mon
angoisse, Monsieur. Daignez vous rappeler que
nous sommes proches parents, et cédez à mon
caractère, à l'habit sacré qui me couvre... Je vous
promets, en échange, de garder le secret sur
cette... aventure.

Noël haussa les épaules :

— Monsieur, poursuivit le curé, qui devint
plus pressant, qu'espérez-vous de tout ceci ? Je
n'abandonnerai point cette enfant. Je suis forcé
de quitter la place, car la mort n'attend pas, et
j'apporte à un agonisant les suprêmes consolations. Mais il est ici des témoins qui, peut-être,
pourront s'interposer entre votre victime et
vous, et qui, sûrement, plus tard, révéleront la
vérité. A quoi bon vous obstiner ?

Noël, sans plus répondre que la première fois
montra son fusil.

— Je vous en prie, Monsieur, obéissez à la
voix de la raison ! votre cœur n'est pas si gan-

grené qu'il soit inaccessible à tout sentiment
d'honneur ! Noblesse oblige, et vous vous parez
d'un nom qui serait à jamais souillé, si... Mais
n'aurez-vous donc aucune pitié ! s'écria le ministre de Dieu en poussant un gémissement douloureux.

Une résolution implacable se lisait sur les
traits de Noël. Il avait jeté le masque et ne daignait plus dissimuler. Aussi, cette fois, répliqua-
t-il, d'une voix nette, claire, que n'altérait aucune crainte :

— Vous tenteriez vainement de me persuader,
Monsieur. Je suis libre, et je suis le maître !
Ces témoins dont vous osez me menacer vous
suivront, sur l'heure, sinon j'ai une balle dans
le canon de mon fusil. Je ne céderai le pas à personne, entendez-vous ? pas même à Dieu ?...

L'abbé de Planchamps écouta avec horreur
ces infâmes paroles. Mais lorsque Noël eut
achevé ; il fit un pas en avant, et d'un ton qui

trahissait, et les élans de sa conscience outragée
et l'énergie de son âme, et l'intime conviction
de son autorité morale, il repartit :

— Eh bien ! Monsieur, puisque vous mécon-
naissez mes droits de pasteur et que vous repous-
sez les prières que m'inspirait la charité, à mon
tour j'élève la voix et je vous dis : Au nom de
Dieu dont je suis le ministre, au nom du père de
Claudine que je représente ici, au nom des lois
qui régissent ce pays, je vous somme de vous
retirer. C'est devant la justice que ce différend
sera réglé et c'est à elle que je demanderai le
châtiment de votre conduite deshonorante !...

Noël se mit à ricaner.

— Honte sur lui ! cria Colette, il n'est pas
Montfaucon, celui qui résiste à l'ordre d'un
prêtre !

Le vieux paysan murmura :

— J'aurai quatre-vingts ans à la saint Martin
prochaine, et pas plus que feu mon père — Dieu

l'ait au Paradis ! — qui vécut nonante années, je n'ai vu ce que mes yeux sont condamnés à voir en ce moment.

Il n'y eut pas jusqu'au petit garçon qui ne put s'empêcher de dire :

— Quand on pendra Monseigneur, j'irai tenir l'échelle !

Mais Noël semblait ne s'inquiéter nullement de ce qu'il entendait. Il avait saisi Claudine par le bras et la retenait avec force, dardant un regard affreux sur le curé, qui voyait approcher avec terreur le moment où il devrait fuir devant ce misérable.

M. de Planchamps tenta un dernier effort :

— Claudine, dit-il, je vous commande de retourner chez votre père, à l'instant, et sans vous préoccuper de ce qu'il en adviendra.

Claudine, qui n'avait pas encore prononcé un seul mot, jeta loin d'elle le couteau de Noël

qu'elle tenait encore à la main. Puis, se roidis-
sant, elle repoussa violemment le comte, qui, ne
s'attendant pas à ce choc, fut renversé, et elle
se mit à courir dans la direction du village en
poussant des cris déchirants.

Noël se releva d'un bond, et la vit fuir à
travers les prairies. Elle était hors de son at-
teinte.

Il exhala un horrible blasphème. Il ramassa
son fusil qui gisait dans l'herbe, recula de quelques pas, mit en joue, visa le prêtre à la poitrine
et d'une voix rauque stridente, il cria :

— Recommandez votre âme à Dieu, Monsieur
de Planchamps, car par les ossements de mes
aïeux vous êtes en danger de mort !

Presque aussitôt il fit feu.

Le curé agita les bras en l'air, tourna sur lui-
même et s'affaissa. Le vieillard se jeta sur Noël
et avec une vigueur incroyable le terrassa et
lui mit ses genoux sur la poitrine.

Aux cris de Colette et de l'enfant, dix ou douze hommes accoururent, armés de faux et de fourches, et suivis de femmes qui portaient des lanternes.

On vit alors M. de Planchamps étendu dans l'herbe et secoué par les suprêmes convulsions de l'agonie. Une large blessure béait un peu au-dessous du cou : le sang inondait le blanc surplis.

Noël fut aussitôt entouré et quelque résistance désespérée qu'il fit, il fut garrotté en un clin d'œil et amené auprès de sa victime qui lui jeta un regard éloquent.

— Monsieur, murmura le curé, je vous pardonne ma mort... Adieu, mes amis ! mes fils !... Dieu vous protège... Priez pour moi !... Mon Dieu ! recevez mon âme...

Il eut un spasme convulsif, se souleva un peu, et retomba, exhalant son dernier soupir...

Comment dépeindre la consternation, la douleur, l'effroi, la fureur des braves gens qui assistaient à cet horrible spectacle ? La plupart pleuraient ; quelques-uns s'étaient agenouillés et priaient ; d'autres lançaient des regards ardents sur le meurtrier, brandissaient leurs faux. Il eût suffi d'une parole imprudente pour faire mettre en pièces le criminel.

Colette s'approcha de lui et lui cracha à la face :

— Maudit ! Maudit ! ! cria-t-elle.

Elle lâcha son bâton et se renversa en arrière. Une femme la reçut entre ses bras. Elle était morte.

. . . .

Noël de Montfaucon de Rogles, seigneur d'Hauteville, fut jugé par le Souverain Sénat de Savoie, et condamné à être pendu, sur la place du village de Marcellaz, nonobstant sa qualité de gentilhomme.

En outre, et pour perpétuer à tout jamais le

souvenir de son exécrable forfait et du châtiment exemplaire qui l'avait suivi, le Sénat ordonna que la tête du coupable serait détachée
de son corps et clouée à l'endroit le plus apparent de l'église pour y rester à perpétuité.

Cette tête est encore aujourd'hui placée dans
un mur intérieur du clocher de l'église. Elle
est cimentée dans le mur, au-dessus de deux os
croisés en sautoir. On la montre à tous les voyageurs qui parcourent l'été ce beau pays de
Savoie.

Que devint Claudine? l'histoire ne le dit pas.
Or comme le fait sur lequel nous avons brodé
ce récit est de tous points historique, nous nous
faisons scrupule d'inventer un autre dénoue-
ment que celui qui fut, en 1712, ordonné par
la première Compagnie judiciaire du duché de
Savoie.

CENT FRANCS

SCÈNE DE LA VIE CRUELLE

A MADAME AUGUSTINE SOUPEY

20

CENT FRANCS

SCÈNE DE LA VIE CRUELLE

—

Valentin Dumaine, le peintre qui commence à être célèbre, se trouva un beau matin dans un pénible embarras. Son troisième enfant allait venir au monde, le lendemain ; son dernier tableau ne s'était point vendu ; il devait quelques billets de cent francs à son marchand de couleur ; son fils aîné, un joli *baby* de cinq ans, relevait d'une grave maladie ; ses deux frères vivaient à ses dépens ; bref il fut pris au dépourvu, lorsqu'un personnage, vêtu de gris, et coiffé d'un chapeau à claque, lui vint présenter une quittance de 257 fr. 95 c., montant d'une prime d'assurance sur la vie, et qu'il devait payer sous peine de perdre la plus grosse partie de plusieurs versements antérieurs.

Un artiste n'a pas la mémoire des chiffres. Il est, d'ordinaire, moins rangé qu'un banquier, et s'il a le souci de tenir ses engagements, il lui arrive parfois d'oublier la date de l'échéance. Valentin Dumaine, l'imprudent, avait oublié son contrat d'assurance ! Il ne voulait pas, à la veille d'un événement aussi joyeux et aussi douloureux, à la fois, que l'arrivée d'un petit être en ce monde, faire confidence à sa femme, bien lasse, bien souffrante, de l'incident imprévu qui survenait ; il ne voulait pas toucher à la réserve, — pauvre réserve, hélas ! dont il aurait bientôt besoin pour payer le médecin, la garde et le baptême.

Cigale infortunée, il pensa aux compatissantes fourmis : il s'imagina qu'il rencontrerait facilement un ami disposé à lui venir en aide. Cependant Valentin atteignait l'âge où les suprêmes illusions ont fui à tire d'ailes...

Il vendit quelques esquisses, et toucha cent cinquante francs. Il fallait 107 fr. 95 c. encore pour parfaire la somme. Valentin alla faire visite, le jour fatal, à certain brocanteur de tableaux qui, parfois, lui achetait de petites toiles.

Il fut poliment éconduit : le proverbe l'a dit : « On ne prête qu'aux riches. »

Il restait au pauvre peintre quatre heures juste pour trouver ces cinq misérables louis, qu'il avait souvent dépensés à fêter l'un ou l'autre. Il se vit à la porte d'un ami, — non pas un ami intime que l'on tutoie, — mais un ami avec lequel il entretenait de cordiales relations, un ami qu'il avait présenté en diverses maisons où l'on gagne de l'argent, un ami auquel il rendait, et dont il recevait aussi des services : un auteur dramatique, en un mot,

20*

nommé Guillaume Liévaux, garçon de beaucoup d'esprit, suffisamment renté, fonctionnaire de l'État dans un musée, bien appointé, ce qui ne gâte rien.

— Hé ! que je suis bête, se dit Valentin. Me voici chez Liévaux, et il est midi. Je vais déjeuner avec lui, puis je lui demanderai cinq louis, que je lui rendrai lundi. Rien n'est plus simple. Liévaux est serviable, je lui suis dévoué, il le sait : Il fera donc pour moi ce que je ferais pour lui à l'occasion.

Pourtant il se sentait gêné, n'étant pas emprunteur de son naturel, et fort embarrassé, à l'ordinaire, de réclamer ce qu'on lui devait, il l'était bien plus de solliciter.

Songeant au troisième bébé, tout prêt à sourire à la vie, il prit courage, et monta les quatre étages de l'auteur dramatique. Liévaux déjeunait : il devina qu'on le venait importuner ; cependant il vint à son cabinet, où la domestique avait introduit Valentin Dumaine, très anxieux, tant soit peu penaud et regrettant ce premier pas.

— Hé bien ! mon cher Dumaine, avez-vous une fille ? demanda Guillaume Liévaux en entrant, les deux mains dans ses poches.

— Non, mon cher, pas encore. Mais ce sera demain sans doute.

— Et quoi de nouveau ?

— Rien ; je ne veux pas vous déranger. Vous déjeunez ?

— Oh ! j'ai fini... ou à peu près. Asseyez-vous donc.

« Il me semble, pensa Hector, qu'il ne me reçoit pas comme d'habitude. Pourquoi ne m'a-t-on pas fait entrer dans la salle à manger ? Il ne m'invite pas... J'arrive trop tard. Bah ! je déjeunerai au restaurant, et je lirai en mangeant, pour me distraire. »

Liévaux le regardait, sans sortir ses mains

de ses poches. Il devinait. On devine toujours,
à sa mine, l'ami qui vient vous emprunter de
l'argent.

Valentin faillit reculer, mais il pensa à la pauvre réserve, si strictement nécessaire... Il avait
cependant sur lui sa montre et sa chaîne d'or,
et c'eût été si simple de les porter au Mont-de-
Piété ! Il se reprocha d'avoir si peu confiance...
Refuserait-il donc au moins aimé de ses amis,
lui qui ne possédait rien que sa palette, la baga-
telle qu'il venait demander ?...

Mais l'œil de Lièvaux, fixé sur lui, interroga-
teur, étrangement gêné, l'intimidait.

Il prit son parti en brave, tout à coup :

— Mon cher, dit-il, j'ai un paiement à faire
d'ici à quatre heures. Il me manque cent francs,
voulez-vous me...

Lièvaux, rougissant, l'interrompit net :

— Oh ! répondit-il, d'un ton dédaigneux,
presque méprisant, mais sans perdre son sou-

rire, et plongeant plus avant ses mains dans
ses poches, pour y palper les clefs de son secré-
taire, oh ! — mon cher... quoi ?... Non !... Prêter de l'argent à un ami ?... Non !... nous allons
nous fâcher... Vous savez bien ce qui arrive en
pareil cas. Entre nous, pas de ces choses !

Valentin, saisi de surprise, eut la force de réprimer son premier mouvement. L'indignation
lui ferma la bouche. On discutait ? Il eût été si
facile de répondre : « Je ne peux pas ! » ou :
« Je n'ai pas la somme que vous me demandez ; »
ou encore d'inventer quelque défaite polie.

Mais l'inexorable Liévaux poursuivait :

— Moi, je n'ai jamais rien demandé à personne... Je ne sais pas !... je n'ai jamais eu besoin de cinquante ou de cent francs, vous comprenez !

Et son regard soulignait :

— A-t-on besoin de cent francs ! Quoi ! vous
qui avez une femme, deux enfants, et bientôt le

troisième, et un ménage, et maison montée, vous avez besoin de cent francs ? Misère !

Eh ! oui, il y a des gens bien vêtus, bien nourris, et qui ont parfois besoin de moins encore, parce qu'ils ne savent point calculer, et qu'ils n'ont jamais su refuser.

— S'il vous les faut... absolument... continuait Liévaux, entrecoupant ses mots, hésitant un peu et regardant ses plumes d'oie qui traînaient sur la table... Si vous ne pouvez... tout à fait... vous en passer !.. Mon Dieu ! vous savez bien ! ce n'est pas les cent francs... je les ai, par hasard. Mais cela crée un précédent. Je ne prête jamais d'argent à mes amis... Un principe ! Voyez-vous ! On prête cent francs : Vous ne me les rendrez pas, nous nous fâcherons.

— Eh bien ! n'en parlons plus, dit Valentin Dumaine, écœuré, et qui pensait à sa montre et à sa chaîne, qu'il avait toujours le droit de vendre.

— Vous comprenez? C'est cinq louis aujour-
d'hui, n'est-ce pas? Le mois prochain vous viendrez m'emprunter deux cents francs... Nous nous
fâcherons.

— Très-bien ! repartit le peintre, décidément
édifié. Ne parlons plus de cela, je vous en prie.
J'ai été indiscret, excusez-moi.

— Mais non, vous n'avez pas été indiscret,
que diable ! Bon ! vous voilà fâché !.. Vous m'en
voulez !... Avouez que vous m'en voulez, hein ?...
Voulez-vous que je vous les donne, ces malheureux cent francs. Je vais vous les chercher.

Valentin Dumaine retint Guillaume Liévaux,
qui s'en allait dans la pièce voisine : il se con-
treignit à sourire :

— Obligez-moi de laisser cela, reprit-il, et cau-
sons de ce qu'il vous plaira. Ou plutôt, allez finir
de déjeuner. Moi, je m'arrangerai autrement.

— Là ! que vous disais-je ? Vous voyez bien
que vous êtes fâché ? Et pourquoi ? Je vais vous

donner ces cinq louis... Mais vous verrez que
nous nous brouillerons. Comprenez-vous le sentiment qui me pousse à vous refuser ?

— Oui, oui, c'est entendu, mais je vous assu-
re que je ne veux rien... C'est inutile, je puis
m'en passer.

— Oh ! c'est que je vous connais, mon bonhomme ! Vous n'entendez rien aux questions
financières... Vous n'avez pas d'ordre. Je sais
bien comment vous faites, allez ! Vous achetez
un meuble dont vous avez envie, une bibliothè-
que de deux ou trois cents francs, vous vous
persuadez que vous pouvez faire face à l'échéance, puis le billet arrive, et vous venez emprunter cent francs !... Ah ! vous m'en voulez ?

— Mais non, ne pensons plus à cela. J'avoue
que je suis un prodigue, un dissipateur, tout
ce que vous voudrez. Votre café refroidit, mon
cher Liévaux... Au revoir.

— Mais non, ça m'ennuie !... Vous pouvez

être sûr que je suis aussi *embêté* que vous...
Que diable ? cent francs !... Allons ! je vais vous
les donner. Mais vous verrez que uous nous
fâcherons.

Perdant patience, Valentin Dumaine s'exprima en ces termes :

— Écoutez, mon cher, j'aime mieux que nous
en restions-là. Je tiens à nos relations... Donc,
je ne veux pas de vos louis, et je vous remercie de la leçon. N'en parlons plus, je vous en
supplie. Oubliez cette importunité, et que tou
soit dit.

— Attendez ! je vais vous les donner, ces
vingt écus... attendez donc !... Aussi bien nous
finirons par nous fâcher un jour ou l'autre.
C'est reculer pour mieux sauter. Je vais vous
chercher la somme.

— Je n'en veux pas, vous dis-je ! Je puis
m'en passer.

— Tenez ! voilà cinq louis... Je regrette d

vous les avoir refusés... C'est un principe. Vous
viendrez me demander deux cents francs : il peut
se faire que je ne les ai pas, et alors ce sera à recommencer. Vous m'en voudrez...

— Soyez sûr que je ne vous demanderai jamais rien...

— Vous verrez... On dit ça, et puis... Prenez
donc !

Il fallait que la prime d'assurance fût payée
avant quatre heures. Le Mont-de-Piété fermait
à trois, et le prochain bureau était à deux kilo-
mètres. L'orgueil justement offensé, l'amour-
propre irrité, conseillaient à Valentin Dumaine
de repousser le service rendu de si mauvaise
grâce.

Il pensa au petit enfant qui allait naître, aux
deux garçons qui jouaient à la maison, à la mère
dont il ne fallait point troubler la quiétude, et
il prit les cent francs que lui tendait Liévaux,
d'une main méprisante.

Lâcheté devant le monde, héroïsme à jamais ignoré ! Valentin eût donné trois pintes de son sang pour payer ces cinq louis.

Il les prit, sa fierté fut humiliée. Il les a rendus, l'honneur est sauf.

FIN

TABLE DES MATIERES

FIN DE LA TABLE

Imprimerie de DESTENAY, à Saint-Amand (Cher.)

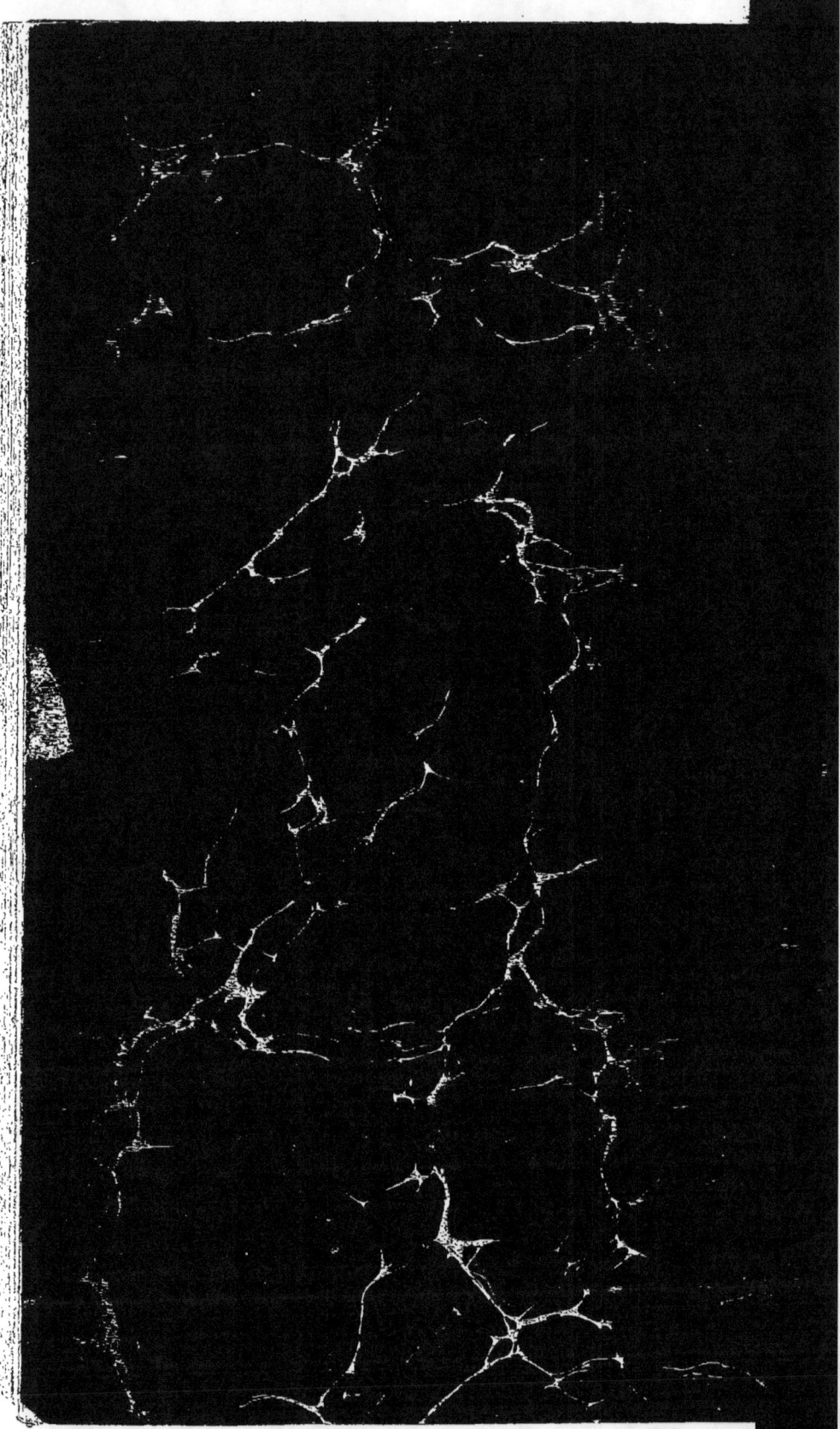

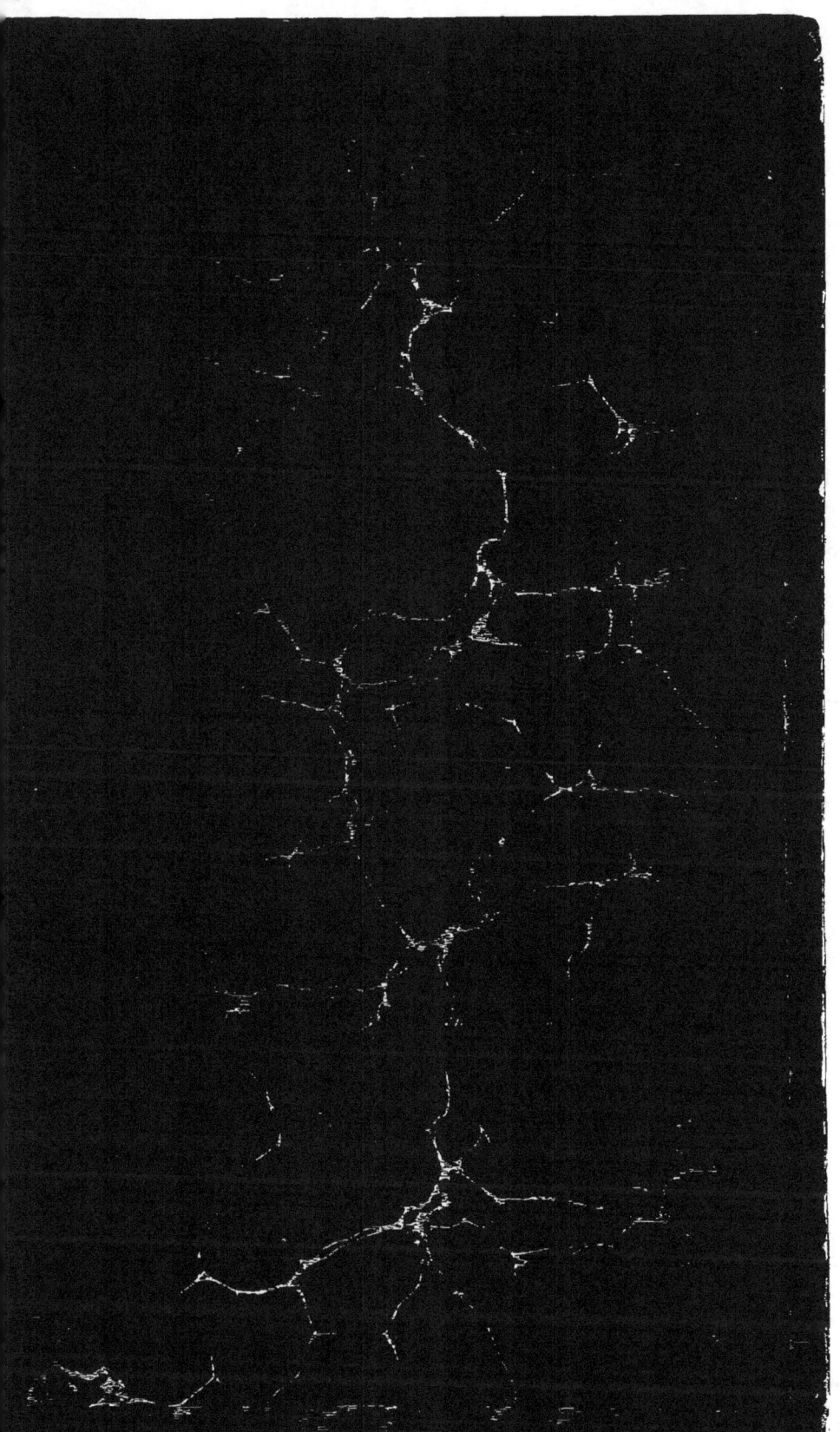